〖中华诗词存稿·名家专辑〗

中华诗词学会 编

徐新国　著

中国书籍出版社
China Book Press

图书在版编目（CIP）数据

新国吟草 / 徐新国著 . —— 北京 : 中国书籍出版社，
2020.8

（中华诗词存稿）

ISBN 978-7-5068-7922-4

Ⅰ . ①新… Ⅱ . ①徐… Ⅲ . ①诗词—作品集—中国—
当代 Ⅳ . ① I227

中国版本图书馆 CIP 数据核字 (2020) 第 133387 号

新国吟草

徐新国 著

责任编辑	李国永	
责任印制	孙马飞　马　芝	
封面设计	采薇阁	
出版发行	中国书籍出版社	
地　　址	北京市丰台区三路居路 97 号（邮编：100073）	
电　　话	(010) 52257143（总编室）(010) 52257140（发行部）	
电子邮箱	eo@chinabp.com.cn	
经　　销	全国新华书店	
印　　刷	北京虎彩文化传播有限公司	
开　　本	710 毫米 × 1000 毫米 1/16	
字　　数	150 千字	
印　　张	13.8	
版　　次	2020 年 8 月第 1 版　2020 年 8 月第 1 次印刷	
书　　号	ISBN 978-7-5068-7922-4	
定　　价	198.00 元	

《中华诗词存稿》
编委会名单

作者简介

　　徐新国：生于鄂西寒庐，二八投身行武。竭诚卫国，尽忠党务。三十余载风雨军旅，五十多年岁月茹苦。遵循自然规律，道法世间万物。功名未显庙堂，利禄不涉贪腐。学启钝愚，踽踽而步。研习经史，诗书并蓄。孜孜天地同参，矻矻德艺镕铸。文心寄怀四海，豪情闯荡八路。旦复旦兮，学用傍顾。骎骎向老，静中渐悟。曾有《磨盾集》《徐新国榜书册》旧作奉与，续以《新国吟草》《雕戈集》新著梓付。个中不逮之处，敬祈匡以巨斧。

总　序

我们这个诗歌大国有一个很好的传统，历来注重"采诗"、搜集整理诗歌材料。作为唯一的全国性诗词组织的中华诗词学会，自1987年5月成立以来，就十分重视这项工作。学会每年的学术研讨会和历届"华夏诗词奖"，都出版论文集和获奖作品集。纪念学会成立二十年、三十年时，还专门编辑出版了《大事记》《论文选集》《诗词选集》。《中华诗词》创刊以来，每年都制作年度合订本。2007年5月，在北京天识东方文化艺术传播有限公司的资助下，以近代以来诗词创作、诗词理论、诗词运动重要文献汇编，当代名家个人作品专集等为主要内容，出版了《中华诗词文库》。经过十来年的编辑整理，已经出了近百卷。这些诗集、文集的出版，记录了近百年来尤其是改革开放四十多年来，中华诗词从起步、复苏走向复兴的砥砺前行的历程，为近、当代诗歌史的撰写准备了丰富的资料。

党的十八大以来，中华民族优秀传统文化重新受到应有的重视。习近平总书记《念奴娇·追思焦裕禄》词和《军民情》七律的相继发表，引领中华大地诗潮滚滚而来。《中共中央关于繁荣发展社会主义文艺的意见》和中办、国办《关于实施中华优秀传统文化传承发展工程的意见》，都明确提出"加强对中华诗词、音乐舞蹈、书法绘画、曲艺杂技和历史文化纪录片、动画片、出版物等的扶持。"国家教育部组织制定由中华诗词学会起草的新中国语言体系中的新韵书《中华通韵》已经通过国家语言文字工作委员会语言文字规范标准审定委员会审定，即将颁布全国试行。这些都使我们真切地感受到，中华诗词的春天真的到来了。诗人们乘着驰荡春风，正以高昂的激情，书写着中华民族伟大复兴的新时代、新史诗，国家富强、民族振兴、人民幸福的中国梦；正以与人民同呼吸、共命运的诗人之心，对人民的欢乐、人民的忧患、人民的情怀给以诗意的表达；正以"美"或"刺"的诗人之笔，对市场经济大潮中人民对幸福生活的期待，对美好未来的希望，对假丑恶的深恶痛绝，或给以方向，或给以赞美，或给以鞭挞。正如习近平总书记所指出的："好的文艺作品就应该像蓝天上的阳光、春季里的清风一样，能够启迪思想、温润心灵、陶冶人生，能够扫除颓废萎靡之风。"

当前，传统诗词创作者和诗词爱好者队伍发展迅速，已超过三百万。每天创作的诗词作品超过唐诗、宋词、元曲的总和。诗词评论研究队伍也成长很快，诗词评论、诗词学、诗词创作理论研究成果丰硕。如何从浩如烟海的诗词作品中"淘"出优秀作品，并使之存下来、传下去，如何使诗词研究理论成果"面世"并发挥应有的指导作用，确实是摆在我们面前的无可回避的一个重要课题。中华诗词学会是一个没有国家编制，没有国家拨款的社会团体，事业的运转主要靠社会赞助和会员费支撑。俊识（北京）文化传媒有限公司总经理吕梁松、北京采薇阁总经理王强，两位一直是对中华传统文化情有独钟的热心人，慷慨解囊，愿意同中华诗词学会一起，搜集整理编辑推出《中华诗词存稿》这套书，共同为中华诗词文化的继承和发展，做成这件十分有意义的事情。

　　《中华诗词存稿》主要搜集整理出版三部分内容的资料：一是当代诗词名家的个人作品集；二是当代诗词评论家、诗词学者的学术著作集；三是当代诗词作品、诗词理论学术成果阶段性、专题性、地域性的集成类作品集。诗词作品强调精品意识，沙里淘金，把"有筋骨、有道德、有温度"的优秀诗词作品搜集起来。诗词评论、研究类资料强调理论性和创新性，应具有鲜明的个性特点，具有创建性的见解。集成类的资料应有一定的史料保存价值。总之，做成一套具有当代价值和历史意义的好书。在此，我们编委会人员，向提供资料、筛选编辑、版面设计、校对勘误，包括所有为这套资料付出辛勤劳动的同志们，表示真诚的谢意！

郑欣淼

二〇一九年七月于北京

著名书画家　宋唯源　题贺

序言

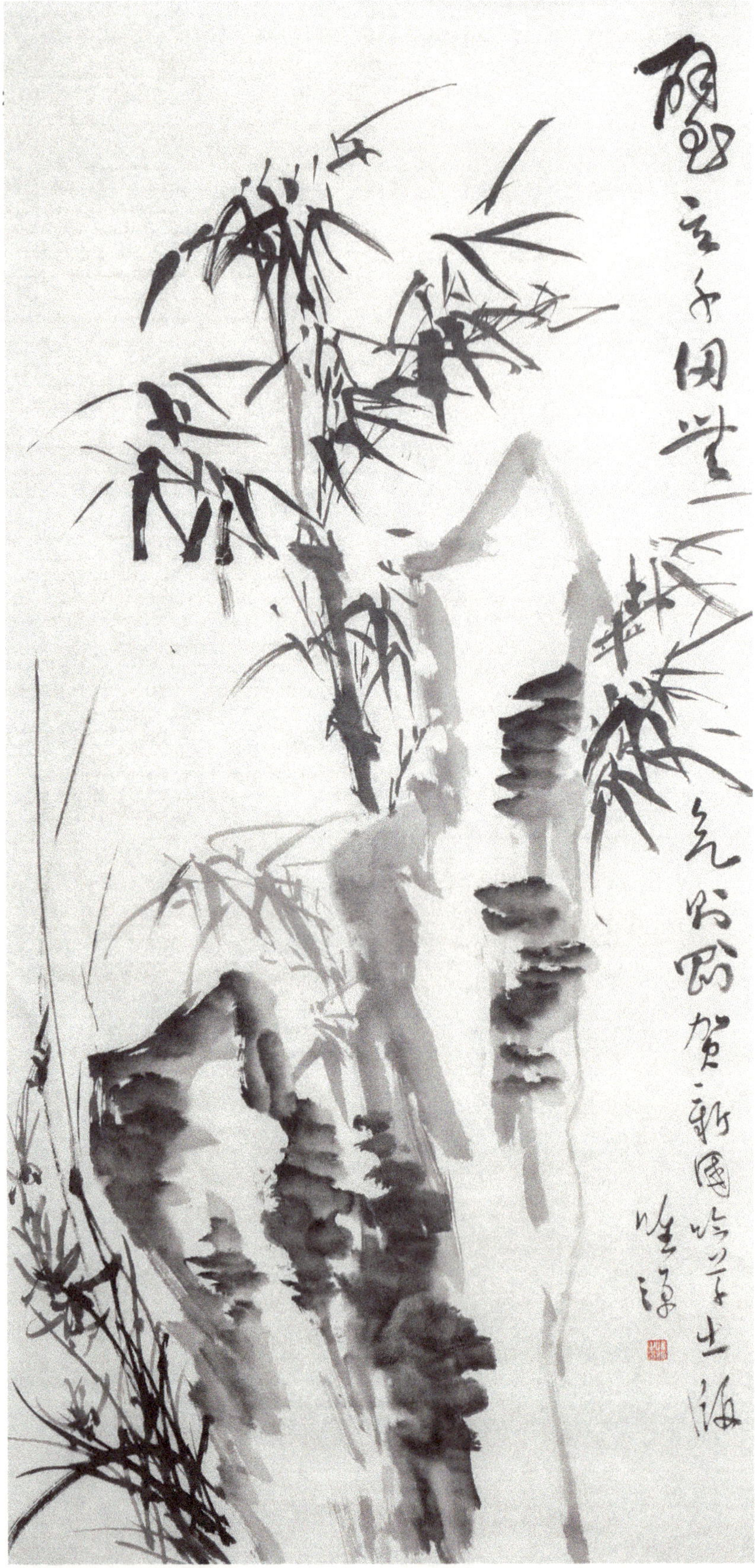

著名书画家　宋唯源　题贺

壮怀烈抱　挥斥有声

——《新国吟草》序

周笃文

诗词是表现性灵、催人奋进的艺术。李东阳《怀麓堂诗话》云："作诗当以'陶冶性灵、感发志意、动荡血脉、流通精神'为目的。"龚自珍在《己亥杂诗》中也提出："九州生气恃风雷，万马齐喑究可哀。我劝天公重抖擞，不拘一格降人才。"更将转变风气、改造社会作为诗词的目的。新国是一位有抱负、有担当的实干家。从余游垂二十年，他性格豪爽，敢闯敢干，又兼有细致入微的人性关怀。所到之处大受好评，发为诗词，特具一种昂扬奋进的精神。字里行间充满正能量，有一日千里之势。近日得读其诗作，深为其深情大气所感动，其主要特点有以下四个方面：即大气、奇思、深情、妙想。诵读一过，每有壮怀烈抱，挥斥有声之快感。

首先是气魄宏大，动人心目。

比如《天仙子·夜观太白天象》云：

夜半幽思天上望，贯注凝神情放浪。珠玑一把撒银河，晶晶亮，晶晶亮，梦幻高天奇万状。　游目骋怀心淡荡，诗意飞来添锦上。风雷耳际动诸天，铿铿响，铿铿响，语盛言豪灵气旺。

　　这是一首构思奇特，气魄宏大的佳作。"珠玑"以下四句，"撒银河""晶晶亮"巧相搭配，令人有响落天外之感。

　　另其《扬州慢·游神农架》则云：

　　　　八卦灵光，阴阳调协，云烟缭绕青峰。对苍茫山岳，感慨叹无穷。恍那载、斯神缚锸，梯山架壑，绝境攸通。紫藤遮，凉草白烟，云路千重。　　徐行吟赏，蓦然惊、满眼葱茏。便彩画千张，虹霞万叠，不尽形容。为问天开胜境，乾坤主、谁似神农？望浩茫秋色，心潮涌上苍穹。

　　八卦二句，以灵光神性锁定全篇，亦是难能可贵。下片复以"彩画千张，虹霞万叠"铺陈气象，再以"乾坤主"一问，把主题推向极致。最后以"心潮涌上苍穹"作结，一波三折，神变莫测，见出句法之工，构思之妙，非精于章法者，难有如此气象。

　　次为构想之高奇。

　　如《天仙子·记得当时年纪小》云：

　　　　记得当时年纪小，身上长刺头长角。天天闲逛乐逍遥，寻荒草，追鹊鸟，兴尽不知玩啥好。　　往事重提堪一笑，遗憾如今难再找。拿云气概已全抛，神思耗，心意邈，唯听耳边风怒号。

　　上片一起几句，活画出顽皮小孩的神情姿态，俨然是辛弃疾"最喜小儿无赖，溪头倒剥莲蓬"的新版，可谓妙到童颠了。

　　另如《卜算子·北苑一号院》云：

> 北苑铸精魂，美化独咱院。万卉妆成第一春，
> 硬把心缭乱。　　人住绿云间，云在胸间转。曳
> 着春风搂着霞，染我芙蓉面。

北苑一号院营房建设，名著一时，曾引起了温家宝总理
的关注。词人以无比自豪的心情加以歌颂。下片"人住绿云
间，云在胸间转。曳着春风搂着霞"以白描口语入诗，令人
魂摇魄荡，为"移情"之妙笔。

刻骨铭心的性情表现，是徐诗的另一特点。

比如其《木兰花慢·思母》云：

> 世间只有妈妈好，点点滴滴都是宝。炎凉冷
> 暖在身边，苦雨和风全管了。　　朝朝暮暮微微
> 笑，从小到大陪着闹。如今两界隔人天，未报深
> 恩哀到老。

其中："点点滴滴""苦雨和风"最能表现母爱之无处
不在。特别是"从小到大陪着闹"，表现母子忘形之态，更
是独开生面，前无古人之笔。

又其《三字令》下片云：

> 今晚在，翠华山，共婵娟。人未醉，亦无眠。
> 隔长空，相对望，泪潺潺。

想念双亲，相望无言而潺潺泪下，是真能写尽无声的大
爱来。

另其《虞美人·赠友人》云：

> 断肠心事催人老，烦恼时常扰。欣欣烈抱似当年，看惯浮云微笑对波澜。　太平但愿人长寿，琐事抛身后。红尘漫历若多情，愿撷清词吟与美人听。

上下两结，"微笑对波澜"与"吟与美人听"，以"老成烈抱"与"美人芳草"相对，便别有一番滋味到心头了。

最后是造语颖妙。语言是诗词魅力的根本之所在。能从生活中提炼极富表现力的语言，是新国一大优点，如《减字木兰花·退休真好》下片云：

> 退休真好，换个思维全拉倒。不辨东西，往事依依入梦溪。

以"全拉倒"之干脆与"依依入梦溪"之缠绵相对推出，更为加大了它情感落差与表现力量。

另如《千秋岁·中国共产党》下片云：

> 风雨崎岖路，勇往直前走。踢正步，无拦阻，壮怀掀海岳，烈抱重重抖。光明顶，龙吟虎啸如雷吼。

其中"勇往直前走，踢正步，无拦阻"诸语，融汇军事术语，表现心绪，大为提气传神，而有天成之美。

再如《水调歌头·离职抒怀》云：

顿感骤然爽，突获一身闲。无官不再操劳，从此做神仙。消气欣山赏水，解恨捧书释惑，豪饮约投缘。一觉到天亮，散漫日三餐。 学圣贤，挥翰墨，著诗篇。无须请示，拿起椽笔自由颠。时有春心荡漾，任意公园逛逛，快乐似云翻。生活甜如蜜，日子像春天。

纯用口语描写，自然入胜，便有指直奔心之快。这种提炼驾驭语言的能力十分不易，值得学习。

新国器识弘毅，才具明敏。发为辞章每有俊爽之致与深沉之思。尤长于提炼口语，富有奇趣。今后若能从诗词理论上再加精进，深入沸腾的生活，千锤百炼，开阔眼界，努力探索新的表现手法，必能别开生面创作出为时代传神的鸿篇大著来。新国春秋正盛，才气方遒，特此不懈，大成可望。谨拭老目，伫以望之。

周笃文序时八十有五

松龄鹤寿 戊子之夏 玉龙

贺 徐新国竹草出版

目　　录

北苑一号院感赋

鸿泥偶拾

故乡行吟

痛挽双亲

南北吟踪

跋　文

北苑一骤院感赋

春风携雨送清明 花动满园馨攒玉
杨柳排军阵而孔旭抖擞风谋和山川示
长院中佳未学青日生诗言晚生晓色趣
挽云雾见花荇均陶砚佳词源雅写心声
何雾阑山月每种州度承军誉

太绿保新国风松北花一张院铁跃一丛
时立戊戌之仲夏月 汪俊生书于九子山

鹧鸪天·北苑一号院赏花

　　一见鲜花分外亲，吾曾今是种花人。春风一怒飘红雨，朝醉芳心暮震魂。　　杨柳树，净无尘，青枝绿叶倍精神。劝君日日来回看，莫负韶光岁岁恩。

风入松·北苑一号院感赋

　　春风携雨过清明，花动满园馨。攒天杨柳排军阵，迎红旭、抖擞威风。城外山川不老，院中嘉木常青。　　日生诗意晚生情，飞想接云空。见花见树均陶醉，倒词源、难写心声。何处关山月好？神州唯我军营。

踏莎行·北苑一号院感赋

　　杨柳弥天，梧桐满院，一年四季琼花灿。芳菲漫道两边荣，朝霞红到黄昏晚。　　衣食无忧，行之方便，此间何似仙家苑。问君能有几多情，三生幽梦人神恋。

蝶恋花·入住北苑一号院二十余载感赋

我自出山来北苑，刻翠裁红，水木清华灿。绮丽长春和梦转，羁情却比春情满。　　来是春初今已远，霜重风凄，憔悴何曾叹。或晦或明闲昼短，亦晴亦雨天全管。

浣溪沙·北苑一号院绿化

北苑风光迥不同，众夸营院郁葱葱。绿杨青柳一丛丛。　　其实并非天上掉，皆因人巧夺天工。百花争为众君红。

桂枝香·北苑一号院新区

天然画稿。对北苑风光，何限佳妙。世外桃源美景，也难媲好。浓妆艳抹春风扫，论妖娆，开春更佼。美哉清早，花鲜草茂，雾缠霞绕。　　快平生、情甘拜倒。纵金谷名园，犹逊奇巧！真个祥天福地，气清人浩。怡神怡魄怡工作，更宜依宜恋宜靠。子孙相继，奇诗下酒，诡词供笑！

卜算子·北苑一号院绿化

北苑铸精魂，美化独咱院。万卉妆成第一春，硬把心缭乱。　　人住绿云间，云在胸间转。曳着春风搂着霞，染我芙蓉面。

八声甘州·贺北苑一号院办公大楼建成

望高楼大厦耸云中，无霓亦缤纷。渺祥云满院，琼楼玉宇，霞蔚云蒸。绿树花丛掩映，不断去登临。犹以阴霾后，似洗般真。　　自此声名赫赫，北苑楼台里，无比嶙峋。想全军单位，难有此欣荣。喜当年、和谐发展，为强军、科学又创新。安知我、与时同进，不少功勋。

鹧鸪天·北苑一号院主路

信步无需到外头，园中老树正清幽。一条宽畅平坦路，列队青杨看我游。　　白日靓，夜间柔，华灯一照更凝眸。春来眼底琼花灿，莅夏葱茏尽可留。

满庭芳·北苑一号院新区

花样翻新，春随人意，踏青盛宴豪华。白云淡远，青浪碧如纱。缭绕东来紫气，真梦里，迤逦奇葩。朱门外，轻杨嫩柳，早晚逗霓霞。　　谁家？风景画，琳琅满目，翰墨驰夸。看骚客清吟，顿发灵芽！矫首晴光赫赫，漫斧柯，何用施加。千秋岁，啥都如意，老幼乐无涯！

鹧鸪天·北苑一号院运动场

碧草如茵运动场，标准跑道任鹰扬。俊男靓女天天转，老幼随心竞赛忙。　　闲信步，郁疏狂，不分昼夜供徜徉。三生福报能来此，饱受安康越盛唐。

八声甘州·北苑一号院南大门

见五环路北绿丛中，琼楼一重重。异形门特别，逢人必问，哪个皇宫？设计何其精巧，钢架构成龙。昂首青云里，气势如虹。　　有幸亲临监造，于寒风佳日，破土开工。记春风五月，锣鼓庆成功。算人间、门楣几许，论容光、怎比此门雄？从今后、繁荣昌盛，世代兴隆。

渔家傲·北苑一号院之春

满院春光真似梦，妖娆全在蜂蝶弄。棠棣玉兰横栋栋。杨柳耸，枝头暗将浓香送。　　我对家园情最重，好花亲手年年种。爱得深时心绞痛。高声诵，枝枝叶叶甬瞎动。

行香子·北苑一号院之夏

春有桃花，夏有荷花，真真是、少有奇葩。海棠不睡，绿草无涯。任熏风过，依然是、烂如霞。　　画眉深处，尽是人家。树林里、喜鹊喳喳。白天光灿，夜晚灯华。可多风景，年年夏，众人夸。

鹧鸪天·北苑一号院之秋

一遇秋风柳色黄，葱茏一变即重阳。人间真是奔波苦，春未激昂天已凉。　　青树老，叶疯狂，芳菲经露便沧桑。缤纷满院虫声静，欲挽青春枉断肠。

临江仙·北苑一号院之冬

幽苑春花秋月朗，从来不见寒冬。虽然秋落叶丛丛。苍松翠柏，依旧郁葱葱。　　白雪飘时庭院静，暗香浮动深宫。高楼暖气热烘烘。俱言我院，冷也乐融融。

一剪梅·北苑一号院深情

家住新区五号楼，衣食丰盈，用度无愁。天天活得乐悠悠，喜在双眉，醉在心头。　　人事和谐且自由，花自飘红，人自风流。如烟岁月转瞬休，早拽光阴，晚挽时留。

虞美人·赞北苑一号院管理保障人员

春花秋月天天好，昼夜无人扰。皆因护院看家人，岁岁年年忙碌又辛勤。　　天增岁月人增寿，户户神仙佑。吉祥如意纳千门，谁晓几多人在苦耕耘？

生查子·北苑一号院月夜巡逻拾句

　　独自院中行，仰望星和月。星月影移花，逐我相思切。　　掳掠一天星，摁住一轮月。捉回梦中亲，吟就生查阕。

东风第一枝·辛卯春晨梦醒感赋

　　梦转纱窗，东风怒号，依稀问我晨好。一团旭日如金，朦胧似被装裱。桃源渐远，意犹在，殷勤揭晓。枕边昨夜几多愁，尽被晓光抟扫。　　云淡淡，冷春已窈。风软软，冻香幽窕。去年总是伤情，是年应无烦恼。打开心锁，崎岖路，福星高照。壮志更登顶楼层，由我鹤飞鹏耀！

菩萨蛮·北苑一号院晨游

　　秦光汉月千秋照，异花繁锦迎宾耀。焕彩看清晨，芳菲弥足新。　　年年春小驻，岁岁香如故。万卉为君开，君来莫乱怀。

喝火令·北苑一号院除夕夜

　　彩树通宵亮，华灯彻夜明。彩旗飘处幻篷瀛。树影婆娑轻舞，花木好娉婷。　　礼炮咚咚响，大门外道鸣。酒酣沉睡也安生。昼里缤纷，夜里亦纷呈。老有凤来龙去，留下许多情。

鹊桥仙·北苑一号院暮春遇雨

　　玉兰吐绿，海棠吐翠，昨日花魂过目。今宵一梦付流霞，却又遇、毛毛细雨。　　久逢甘露，依然如故，将我心田养护。南风掠过有余香，此胜概、怏然自足。

扬州慢·秋夜游北苑一号院

　　光影婆娑，月明霜共，便寻画苑悠游。纵金风带露，洒落一身秋。仍然要、攀杨附柳。往昔怀感，多是闲愁。怕银河、清角吹寒，佳景难留。　　而今细赏，品清幽、如入仙陬。把老眼睁大，思维扩散，次第凝眸。所有景观呈现，深深爱、涌上心头。赋新词，收进诗书，都是宏猷。

鹊桥仙·北苑一号院春景

春移莲步，花应时怒，尽皆赏心悦目。黄昏院里赏花柔，少不了、频频瞻顾。　　茹茵芳草，连年风露，都在眼前暗渡。良宵酒后问花香，媲美景、还能何处？

鹧鸪天·北苑一号院小南山

一片葱茏是我栽，白杨银杏两面排。夹杂野树添奇彩，兼有杂花默默开。　　栽绿树，做挡牌。营区不再落尘埃。春从天上来之易，可是芳菲需慢栽。

鹧鸪天·北苑一号院夏日

夏日仿佛在梦中，飘风翻景万千重。青如蜃海茵如画，人似洪流车似龙。　　朝过雁，晚经鸿。闲云来去自从容。斜阳到晚金光射，雨后林间泻彩虹。

庆春泽·北苑一号院感怀

翠绕军营，珠帘画栋，不分江北江南。芳草萋萋，一直绿到门前。海棠桃李枝头繁，遇春风、似拥云鬟。倚清酣、百态妆容，万绿斑斓。　　当年着意多栽树，却无心插柳，一抹流传。落雀栖鸦，还能燕语呢喃。巫山云雨黄山树，每观瞻、浮想联翩。外来人、一进营区，称赞无边。

小重山·北苑一号院春思

翠色无须彩笔描，春来枝叶茂、必妖娆。花红柳绿任君瞧。东西苑，陶醉竟芳醪。　　长路望迢迢，葱青容易老、不糟糕。四时变换正时髦。常住此、越看越发骄。

鹧鸪天·北苑一号院感怀

绿色军营造化功，朝来风雨晚来虹。百花自种年年艳，万树亲耕岁岁葱。　　人与月，寿相同。莺歌燕舞乐融融。虽然老幼时时变，铁打营盘属碧翁。

为铁打的营盘致敬献礼

——《北苑一号院畅想》简评

陈海强

多年前，我曾写过一篇文章《猛士徐新国》，在一家文化类报纸的头版头条发表。文章的主人公徐新国是我的战友和同事，彼时我们每日在同一座军营工作，一开始只知道他业余潜心钻研书法，取得了诸多成绩，即便以名噪书坛来形容也无过誉之嫌。但某日当他赠我一本诗词集《磨盾集》后，方知其之所以能有书法上的大气象，是有着古典文化的深厚底蕴作为基础的。

我们有过十分深入的交流，也知道他在酝酿着出版第二本诗词集《新国吟草》。孰料，徐新国对艺术的自我要求，就像他在军营里干工作一样，严苛到令人吃惊的地步。这本原以为会很快问世的著作，最终形成书稿竟然已是十年之后的今天。此时，徐新国业已在改革强军的时代大潮中退休了。但对尚且称得上年富力强的徐新国来说，生命之树不可以因为退役而褪色，把青春献给报国事业之后，他的诗文书法就再也难以脱离浓郁的家国情怀。我之所以有此番感慨，一则是因为长久以来对徐新国其人其作的了解和认知，领略过他身处顺境和逆境时有如风中劲草、崖畔松柏的坚毅性格，二则是读到他卸下戎装之后开辟艺术新征程、实现人生华丽转身后，从几十年军旅生涯中汲取源源不断的精神动力和创作灵感，为泱泱中华民族奋笔疾书，为铁打的营盘致敬献礼，将平日所感所思化作赤子之心、拳拳之意的灵魂交响，且以《北苑一号院畅想》为名单独辟为一个小辑，收录于即将付梓的《新国吟草》。

　　读罢这组作品，徐新国在古典文学尤其是词赋作品方面的艺术造诣和十年精进令我赞叹不已。当今时代，社会发展日新月异，各类新知识、新事物应接不暇，能够调转身子向着过往的历史探索艺术之路，绝不是为了回到过去，而是为了以文艺为手段触摸眼前的现实。所以，当许多人对古典文学尤其是古诗词冷眼相看甚至不屑一顾之际，依然有人能够不畏寂寞踏上求索之路，本身就是一种智勇之举。但时代毕竟在发展，要想以古人之体裁浇灌今人之块垒，就必须深谙一切历史皆是当代史的道理。这不仅是古典文学在当今存在与发展的根本，也是词赋创作的精神要义。2019 年元旦，天朗气清，北京城一派祥瑞景象，我在家中逐字逐句研读了徐新国的这组词赋作品，心中的隐忧再次消除了。徐新国笔下的北苑一号院正是我们共同生活和奋斗的地方。他在作品中的畅想犹如风筝直抵风云怀抱、蓝天胸脯，但那根常人难以体察的情感之线却紧紧攥在手中。没有穿过这身军装的人，没有在追求梦想的道路上经历过坎坷的人，没有为内心的信仰付出过代价且获得过精神成长的人，就难以读懂或是理解涌动在字里行间的真情与感悟。所以，读懂作品的过程，也是认识作者的过程，甚至只有真正认识其人，才能真正读懂其作，故此才有"其人其作"的约定成词。在《浣溪沙·北苑一号院》中，他先是写营区内郁郁葱葱的北苑风光，然后笔锋一转道出感慨："其实并非天上掉，皆因人巧夺天工。百花争为众君红。"为心系国防、建设军营的战友们喝彩。在《菩萨蛮·北苑一号院晨游》中，他写道："年年春小驻，岁岁香如故。万卉为君开，君来莫乱怀。"这是徐新国在清晨漫步于营区时的人生顿悟，扎根于军营，就得有奉献精神，面对名利诱惑就要耐得住寂寞、守得住初心。徐新国以词赋之旧瓶装上滚烫的真情，他在这组作品中表现出来的诸多尝试，其意义不仅有传承中华文化的价值，也在于能够以回到过去的方式走向未来。徐新国的作品并非食古不化，而是处处体现着艺术的觉悟，将文本当成生命体验自然而然的选择，行文收放自如，如武术家闪展腾挪；表情达意以自然为法则，没有生造之嫌。

在《蝶恋花·入住北苑一号院二十余载感赋》中，他写道：

来是春初今已远，霜重风凄，憔悴何曾叹。
或晦或明闲昼短，亦晴亦雨天全管。

又读其《风入松·北苑一号院感赋》，一句"何处关山月好？神州唯我军营"，便足以令吾辈同侪感同身受。而徐新国将情感藏于胸中久矣，提笔之前已经反复酝酿，辗转于岁月，发酵于昼夜，最终在某个瞬间被突如其来的灵感触动，信笔拈来，妙处无心，如同有缘人途中偶遇。

这组作品所用词牌名众多，乍看似乎眼花缭乱，但细究其文字脉络，便会发现千拳归一路，其发轫之处当为"真情"二字。我大致记录了一下，有"浣溪沙""卜算子""鹧鸪天""渔家傲""行香子""临江仙""一剪梅""虞美人""生查子""菩萨蛮""喝火令""风入松""蝶恋花""桂枝香""满庭芳""八声甘州""扬州慢""鹊桥仙""庆春泽""小重山"等20余类词牌名。虽在冬日流连于作品中的铁打营盘，但却恍如置身满园春色之间。百花争奇、千卉斗妍、万木竞高，一派葳蕤景象中并无杂花乱树、恣肆荒芜之感，任由云霞词彩、川岳精神拂面而过。真情铸就自感人，真情如和风细雨滋润心灵和大地，读其作品便能由情联想到景。

在《鹧鸪天·北苑一号院小南山》中，他写道：

春从天上来之易，可是芳菲需慢裁。

在《八声甘州·北苑一号院南大门》中，他写道：

有幸亲临监造，于寒风佳日，破土开工。记春风五月，锣鼓庆成功。

小南山毗邻南大门，这些营区工程凝聚着徐新国服役于军旅期间的心血，即便脱下军装，仍会睹物思情，因为每一位老兵都会默默怀念逝去的燃情岁月。白日穿行于营区，目力所及之处，这些作品中的佳句便会于耳畔自鸣。徐新国虽然是以古诗词的方式在写作，但他的文字通俗易懂，不故作高深，容易产生共鸣。用文如其人形容这组作品也是十分恰当的，因为徐新国在这组词赋作品中充分展示了自己习惯于直抒胸臆的直爽风格。

徐新国笔下的北苑一号院，浓缩着其几十年军旅生涯的风风雨雨，凝聚着他的思想和才华，也凝聚着他对铁打的营盘的深深爱恋。

如《渔家傲·北苑一号院之春》下片云：

我对家园情最重，好花亲手年年种。爱得深时心绞痛。高声诵，枝枝叶叶甭瞎动。

　　作者既是这个院子中的建设者，同时又是这个院子里的受益者，这种感情无与伦比。也只有这种真情，才会有"枝枝叶叶甭瞎动"的呼唤。

　　因此每一首词赋作品都如同暗藏着一杯经历了复杂流程酿造出来的酒水。沿着这个奇特的意象，我也联想到徐新国本人其实恰好就有饮酒嗜好。我虽几近滴酒不沾，但却能通过想象和观察体会酒神精神的现实存在。或许正是带着类似于酒神精神的灵感启示，徐新国的作品才让人更容易想起中国白酒的香型。徐新国的一些作品彰显着胸襟和雅量，如同拥有独特的凤香；一些作品彰显着激越和壮怀，如同拥有着化人的浓香；一些作品散发着豁达和开朗，如同拥有着沁人的清香；一些作品收敛着思想和心境，如同拥有着怡人的酱香。作品中集纳了如此之多的况味，再经由十年磨一剑的煎熬和锻打，终于在冬天就要过去、春天又要来临的日子里汇聚成为有温度和分量的成果。这个成果不仅是对北苑一号院这座神州军营的致敬，也是对骨子里永远不会磨灭的军魂的致敬。我相信，"卸甲归田"的徐新国在忠心耿耿坚守了几十年属于自己的阵地之后，必将在艺术之路上发起新的冲锋，他手中雕刻已久的长戈不仅帮助他延长了青春，也将引领他在追寻梦想的道路上直至远方。

2019 年 1 月 1 日　北京

【注】作者系军旅青年作家、诗人，中国作家协会会员。

泰和 戊戌年 杜文民画

贺《新国吟草》出版

著名书画家 丁文明 题贺

離職感懷

漢筆從戎謀錦繡，南北東盤
終平涉獵全能，鐵打江山
一旦再難開春，隨公意鴻福
懷嶺肉南山，成公馬追
渭肉南山放馬，弓是緑天色福
默天色拼情卓

右録徐悲鴻先生詞於蔭綠軒後夤夜燈下張繼

著名书画家 诗人 张继 书作者诗词

采桑子·离职有感

峥嵘岁月何惆怅？未铸辉煌，鬓已飞霜，难与他人道短长。　　人生最快精神爽，福寿安康。对月飞觞，赛过八仙四海扬。

离职感悟

天命君知否？蹉跎仅百年。
情思何起伏？步履几维艰？
一世风流梦，三生莫为官。
远离名利场，坦荡自心安。

玉楼春·离职感怀

曾经意气冲牛斗，壮志凌云身似虎。既亲事业又亲诗，只为争光图一寓。　　谁知中道遭人堵，硬把阳春白雪侮。虽然不是蓬蒿人，报效无门何等苦。

一剪梅·转业抒怀并序

三十余年一心扑在工作上，算不上日理万机，至少也是鞠躬尽瘁，几乎没有时间和机会饱览祖国的大好河山。2013年离职后，于2014年至2018年游完五岳，感慨系之，吟成一阕。

梦绕神州路不通，不是平庸，而是因穷。历来寒士俱飘蓬，天下公工，千古相同。　目尽长天气自虹，不怕秋风，何惧隆冬。这山走绝那山冲，弃了中峰，再上高峰。

一剪梅·转业感怀

满目云山望莽苍，万物悲凉，万事凄怆。灵槎好系赖扶桑。脱下戎装，还有罗裳。　马背人生尽苦尝。弃了官场，再进商场。拼他数载又何妨？没有官腔，照吐金光！

蝶恋花·转业抒怀

无路请缨何处讼？入库刀枪，从此勿须动。天下归谁君莫问，风云自在中国梦。　马放南山情放纵，养性修身，愁向东山赠。创业维艰虽苦痛，精神动力千钧重。

渔家傲·转业军人本色

　　共产党员身子重，风雨之中如画栋。烈马脱缰情可控。如龙凤，身蟠体逸昆仑耸。　　换下锦衣虽放纵，五星常在胸中涌。把酒滔滔君莫悚，今生梦，红心永远归中共。

蝶恋花·离职感怀

　　马放南山枪入库，武略文韬，再也无须舞。泽畔行吟云水怒，砚边挥翰龙蛇矞。　　桂馥兰馨抟宇宙，玉液琼浆，化为千秋赋。从此余情归迟暮，再无鬼怪心生妒。

渔家傲·离职后感叹时光过隙

　　人易老之心易倦，色易衰之情易淡。身易慵之书易乱。真讨厌，天天脸上愁纹泛。　　独坐幽篁观瀚漫，生时明月今时暗。物换星移虽好看，极感叹，光阴逝去青春篡。

鹧鸪天·离职有悟

风月官场时代新，千金一职暗中遵。傻瓜独我迷官价，杯水车薪不感君。　离职后，恍回神，归家一路叹纷纷。军旗未倒心先死，如此官爵值几文？

鹧鸪天·离职抒怀

对酒当歌志未遂，沧桑阅尽始崔嵬。春江水暖东风破，冬去春来靠气摧。　知起落，晓经纬，行吟常视事如灰。荣华富贵如烟过，何必官场斗气威。

鹧鸪天·离职抒怀

驱散阴霾夙愿遂，攀山越岭看崔嵬。干宵剑气雄心在，意欲山花烂漫飞。　迎旭日，阅芳菲。彩霞伴我度余晖。生时穷困今朝变，耀眼文章学子迷。

鹧鸪天·离职抒怀

羁旅青山绿水间，幽吟雅韵享清闲。春江花月匆匆过，散绮逍遥乐似仙。　　情不厌，万重山。天南地北复陶然。蓬莱入眼精神爽，返老还童又少年。

鹧鸪天·离职抒怀

官职虽休意未闲，时常邀友逛公园。国家大事心头涌，天下之忧郁在肩。　　言不尽，说难完。吟诗作赋释愁颜。不求口袋钱多少，但愿人心处处安。

鹧鸪天·离职抒怀

壮志虽然无处存，肝胆如同日月新。雾霾不掩心头恨，雨后方提精气神。　　凭浩气，斗恶人。豪吟词赋骂秃孙。余晖热伴朝霞起，乐于山河问世丙。

蝶恋花·退休生活

卅载青春奉献够，剩下皮囊，只有良心宿。树老空心枝叶厚，梧桐夜雨听风骤。　　春色倾城何等诱，无束无拘，大好河山遛。雨打风吹当享受，再无美景来辜负。

钗头凤·退休生活

身如兽，心如宙，情怀更似山川绣。书常抱，歌常啸，满城春色，任其胡闹。妙！妙！妙！　　高粱酒，餐餐有，偶逢知己拼八斗。琼楼眺，仙台耀，从今无累，再无烦恼。好！好！好！

行香子·退休生活

几度春秋，几度沉浮，再回首、已自东流。韶华易逝，岁月难留。壮志虽眠，情尤烈，意悠悠。　　夕霞瀚漫，梦里神游，倚东风、仍旧风流。缠绵伊甸，酒袯清愁。喜形常色，却无奈，晚来秋。

水调歌头·退休感怀

人怕老来病，天怕晚来秋。人生草草如梦，最怕见白头。日盼身强体健，夜想时光无限，山水任羁游。慈海度贫血，书海驭骅骝。　　此中趣，天知道，几分幽。红尘滚滚，功名看淡两悠悠。窃喜千磨硬气，老态龙钟典雅，谈笑更风流。豪饮有知己，缥梦有瀛洲。

怀念钗头凤·退休生活

经霜后，心依旧，身如南岳高峰寿。时时好，无叨扰，一天到晚，酒席难少。巧！巧！巧！　　清晨遛，黄昏逗。每天锻炼都如兽。操场跑，公园绕，心如潭水，脑如神鸟。妙！妙！妙！

浪淘沙·转业抒怀

夏夜雨潺潺，心绪阑珊。酒醒人静再无眠。走到楼前轻沐浴，无限悠闲。　　转业莫难堪，智健身全。无非改变绿衣缘。收入翻番强数倍，快乐无边。

水调歌头·离职抒怀

顿感骤然爽，突获一身闲。无官不再操劳，从此做神仙。消气欣山赏水，解恨捧书释惑，豪饮约投缘。一觉到天亮，散漫日三餐。　学圣贤，挥翰墨，著诗篇。无须请示，拿起椽笔自由颠。时有春心荡漾，任意公园逛逛，快乐似云翻。生活甜如蜜，日子像春天。

鹧鸪天·转业抒怀

卅载军营两鬓华，飘零宦海叹无涯。常思伏枥忠诚老，可恨偏偏井底蛙。　行正道，不歪邪。时时唯恐负国家。了却君王天下事，剩片丹心慰晚霞。

锦堂春慢·离职感怀

脱去戎装，风光仍旧，清风解意悠悠。愤怒虽消，唯有怨怼长留。每忆繁文缛节，总是心里难除。恨不思进取，放纵白云，斜向山头。　本来匆匆飞过，奈霓缠雾绕，荏苒多愁。曾载高山流水，破浪无休。落得如今尴尬，守望着、雕像神州。最是深情绿色，一世追求，却负东流。

蝶恋花·接转业命令感怀

幸运一生因入伍，理想光芒，全在军营铺。立正练成开始走，小娃长到白发数。　　海誓山盟忠于祖，沥血呕心，只为忠魂舞。风雨不曾夺去武，一声命令回家寤。

高阳台·离职感怀

卅载军营，匆匆逝去，难逃绿色深情。百炼千锤，打磨钢铁长城。突然放马南山上，令初心、四处飘零。更凄然、大好年华，不再峥嵘。　　曾经海誓山盟里：为人民服务，甘愿牺牲。谁道西风，无辜冷落辰星。如今只得逍遥梦，寄笙歌、放纵余生。怕黄昏、谈笑金樽，没有真朋。

蝶恋花·转业感怀

卅载青春投入伍，赤胆忠心，耿耿犹龙虎。上下同声全目睹，何曾料想空空走。　　铁打军营流水府，一纸声明，再也无须武。脱下戎装如泄鼓，回家不许多言苦。

水调歌头·履职感怀

未得损人利，未贪昧心钱。光明磊落一世，不怕有闲言。可是千辛万苦，总惹人心不古，老落烂泥滩。好在永无愧，一切俱心安。　　潜规则，令人烦，更难堪。头昏脑胀，人情练达总难完。礼节无时不顾，事事须经之路，无处不求援。早点悟真理，哪里会心酸。

蝶恋花·绿色情怀

我爱军营如学府，纪律严明，知识天天储。立正稍息刚会蠢，眼光又向刀枪舞。　　战友如师多互助，砥砺前行，风雨同舟渡。关系虽然能弥补，前程主要凭文武。

汉宫春·离职抒怀

吹角连营，数载君王事，醉里挑灯。白天备战，夜间铁笔铮铮。鞠躬尽瘁，到头来、冤气声声。从此了，无官负累，还余半世身轻。　　无怪东风难遇，怨平生弱智，没个前程。沙场点兵不再，重整心情。精神永在，辟新局，立志成城。拓境界，龙行天下，依然海送山迎。

蝶恋花·离职感怀

携笔从戎谋锦绣，南北东西，涉猎全能够。铁打营盘终不负，春随人意鸿福厚。　一旦离开公职后，绿色情怀，再也难成就。于是天天拼酒肉，南山放马追肥兽。

水调歌头·转业抒怀

从此丈夫志，潇洒向天涯。闲时捧好书诵，闷可爆诗花。携伴环游世界，恣意汪洋抖擞，动静俱情嘉。思想与时进，境界梦中赊。　祛千念，消百虑，享清华。白天逐日，宵来高矗数星沙。渴饮农夫泉水，饿吞佳肴美味，把酒共烟霞。山水助灵气，吟啸自奇葩。

渔家傲·离职有感

离职之初常怨叹，三年过去回头看。一觉醒来八九点，急拍案，原来步入清福岸。　云卷云舒全看淡，江山胜景随时转。虹彩霓霞凭我唤，真浪漫，良宵短暂情无限。

踏莎行·转业抒怀

少小从戎，爱军习武，一生无悔军营苦。晨钟暮鼓号声催，强身健体精神抖。　　两鬓虽残，初心未腐，苍松翠柏凌云擞。年华付水也无言，青山永远归龙虎。

踏莎行·转业抒怀

明月西沉，大江东去，欲穷千里神州目。绮罗香拥绿肥红，桃源望断无重数。　　沧海扬帆，青云得路，寒霜一概抛云雾。层楼更上向来心，夕阳不负黄昏幕。

齐天乐·转业沉思

万千心事凭谁诉？长歌更吟愁赋。夜雨寒江，秋风宿露，都是伤心之处。心机在腹。岂知我无眠，暗藏其苦。几许闲言，夜来孤自向神吐。　　戎装锦衣已与，但初心未改，红色何去？曾有山盟，还须奋斗，何况承恩无数。凄凄私语。为钢铁长城，永擂锣鼓。写入华章，皆篇篇肺腑。

虞美人·转业感怀

少年得志投军队，绿色何其翠。曾经歧路遇悲秋，未让长江之水负东流。　　沙场砥砺今无再，但是初心在。戎装卸后不当年，嗟叹冲天豪气枉凭栏。

风入松·曾经数年晋职无望感怀

长城望断老龙头，黑暗几时休？关山难越千重嶂，辗转里、都是忧愁。歧路徘来徊去，长年滴雨无酬。　　十八大震破天陬，倒海有宏猷。披肝沥胆雄心壮，勇气可、鼓荡神州。待旦长缨在握，苍蝇老虎全收。

水调歌头·有感于闲言碎语

若论曲直事，公道在人心。从来不去追究，背后那些阴。自信胸中热血，抵御凉风冷雨，不会受寒侵。肝胆越相照，定力越发深。　　皋恩浩，天地阔，沐甘霖。丈夫心志，何与猪狗共沉吟？不管悲欢离恨，还是阴晴圆缺，自度有金针。沙漠有芳草，海角有知音。

一剪梅·转业沉思

　　绿色军营本自纯，无奈青云，不属贫身。向来不会去通融，脚踩瓜皮，一任嶙峋。　　底事人间无不春，一寸光明，一寸乾坤。听风听雨破迷津，天上凄清，天下缤纷。

蝶恋花·晋职不成有怀

　　把酒问天非好汉，大浪淘沙，气势才值看。沧海波涛常涌现，西风胜于东风撼。　　白日依山都尽善，微妙谁知，全在黑河岸。辗转疏狂驱雾散，思量一夜成焦炭。

满庭芳·期待晋职有怀

　　春夏秋冬，思量画栋，总是愁敛眉峰。倚窗遥望，天外有晴空。眼下阴霾抑郁，谁知道、岁岁相同？年年盼，云天破雾，春雨又春风。　　飞鸿，聊寄意，思潮起伏，尽与西东。每持此清樽，一饮擎虹。无奈平生躯体，只有那、点点惺红。当年事、至今犹恨，何故俱因穷。

军歌韵律自风流

——《离职感怀》短评

蔡世平

　　一个有着三十多年军旅生涯的职业军人，把人生最美好的青春岁月与火样情感献给了军营、献给了国防。然而却在奋发有为、抱负不得施展的时候，脱下戎装，走向一个陌生的世界。这时候自然会生出许许多多的感慨来，化而为诗，便成就了我们的诗人徐新国。

　　圆滑、世故、作秀，抹清油于眼角做流泪状演给读者看，是当今不少诗人自鸣得意的招数，却也正是读者读多生厌的缘由。因此，我尤其喜欢徐新国先生清风扑面、直抒胸臆的诗词写作。

　　心灵的矛盾是产生好诗的重要条件。初别军营，壮志未酬，徐新国真是有话想说，有话要说。如何了结这难了的卅载情缘？就这样，诗词自然而然地成为他一个重要的精神出口。家乡楚地的秀丽山水和朴厚民风养育了诗人的家国情怀，直线加方块的军营韵律，养成了军人的言说方式。

　　于是，徐新国想到什么就写下什么，从不兜圈子，弯弯绕，情感如江湖决堤，一泻而下。这样我们得以在他的诗词里不仅看到了一个铮铮铁骨的硬汉形象，更感受到一个血性汉子的玉骨柔情。正是：人本色，自风流。

2019 年 2 月 21 日南园

【注】

作者蔡世平系知名词人、一级作家、中国作协会员。国务院参事室、中央文史研究馆中华诗词研究院原常务副院长，中国国学研究与交流中心特聘专家，中国当代诗词研究所所长，中国楹联学会顾问。

作者自释

万千心事凭谁诉?

　　在这一组《离职感怀》诗词中,我用了五十首这样一个大的篇幅来记载 2014 年确定转业,离开部队岗位后的心情和心态,其中也包括了在职时所经历的挫折和遭遇,性情所致,有感而发,一泻衷肠,直达胸臆。率性之人,本色使然,没有一点弯弯绕和丝毫的掩饰卖弄。既表达了我对绿色军装和军营生活的深深眷恋,也记录了我在抉择时的万千思绪。这些文字不仅仅是我自己的心声,也反映了大多数在这个时期转业、退休和退役的战友们的所思所想所悟。

　　人生不如意事常八九。军旅生涯也好,其他职场也罢,都离不开是是非非的纷扰,坎坎坷坷的酸楚。穿上军装的时候,就听到一句话,叫作:“铁打的营盘流水的兵”。这本是军营里最自然的一件平常事,但当亲身经历了就要像流水一样流走的时候,那种苦痛将是如鱼饮水,冷暖自知,不足为外人所道的。尽管从入伍那天起,就知道早晚会有这一天,要一颗红心两种准备,但还是无法摆脱这样一种凄楚。创作这组诗词来记录那一段的心路,不是发泄私愤,也不是为了产生共鸣,更不是为了获得同情和怜悯,主要是为了寻找一个精神出口,将这一时期中的孤苦、郁闷、无助和无奈的情绪宣泄出去，调整一下，收拾一番，从思想上与过往做个了断，如古人所言："置之死地而后生。"只有如此，才能真正地获得心灵上的解脱解放，使之更加胸怀宽阔而敞亮。所有过往，不论好坏，全部归零。一切重新开始，观念一变天地新。

每个人都有自己的解脱方式。可能是因为军人的特殊职业的缘故，只知直中取，不知曲中求。我用了诗词这样一种文学形式来释怀，更符合我的脾气和性情，登高而望，触景生情，吟而成诗。我们所处的那一个时期，军队政治生态污染严重，官场曾一度混乱，欺凌霸道、卖官鬻爵者盛行，很多优秀干部因为没有背景和金钱而深受其害。为此，写了不少诗词鞭笞那些不正之风。虽说在个别词句中有所低迷或不高雅，但总体上，我认为还是健康的、活泼的和正能量的。这些都是鲜活的事实，用来鞭笞那些欺凌霸道的个别官僚主义作风，亦是激浊扬清，应时而歌咏。揭露一个时期的弊端，也是为了弘扬清风正气，没有什么坏处。我想，也只有这样，才更加真诚和真实，更加凸显军人的英雄本色。可能大多数有着共同经历的人们都会感同身受这一点。

诗，必须是真情的流露。或抑或扬，或褒或贬，尽在人心。诗人的秉性，就是有话想说，就不吐不快。有话要说，则必泻衷肠。走到哪里，就会思想到哪里。想到哪里，自然就会倾吐到哪里。每一个人所经历的每一个阶段，其感受是各不相同的，尤其在面对人生重大转折的时期，可谓是里程碑的记忆了，因此，这五十首诗词，为此一时代转业退休退役军人而歌吟，算得上情切嘤鸣，风雨同舟了，也不失为一种善行善举。再则，或山川游历归来，或朋聚酒后而兴，把人生经历阅历、所思所想用一种特殊方式，在一个特有的精神出口加以释放，加以记录，不为赋词强说愁，也是一种快乐和欣慰了。如《一剪梅·转业抒怀》云："梦绕神州路不通，不是平庸，而是因穷。历来寒士俱飘蓬，天下公工，千古相同。　目尽长天气自虹，不怕秋风，何惧隆冬。这山走绝那山冲，弃了中峰，再上高峰。"在另一首《一剪梅·转业感怀》下片云："马背人生尽苦尝。弃了官场，再进商场。　拼他数载又何妨？没有官腔，照吐金光！"等等，心情本来是落寞的，而得江山之助，便心境陡转，越发积极了。

诗人，绝大多数都具有深深的爱国情怀，也一样承担着历史的责任和使命。党的十八大以来，我们正处在一个伟大的时代，在以习近平同志为核心的党中央坚强领导下，有大环境，也有小风景，作为一个军人诗人，当处于公心，拥抱大时代，胸有大情怀，一切向前看，为时代而歌，为奉献者而词赋。永远心红志坚，听党话跟党走，退役不褪色，换位不换心。化腐朽为神奇，化烦恼为菩提，化不利为动力。如在《渔家傲·转业军人本色》词中云："共产党员身子重，风雨之中如画栋。烈马脱缰情可控。如龙凤，身蟠体逸昆仑耸。　换下锦衣虽放纵，五星常在胸中涌。把酒滔滔君莫悚，今生梦，红心永远归中共。"一名合格的军人，也应当是一名名副其实的共产党人，无论什么时候，天下兴亡，匹夫有责；若有战，召必回；醉卧沙场，马革裹尸，随时随地听从党的召唤，这才是当代军人的血性和应有的气概。我坚信，通过对五十首诗词的创作，将会有一个新的认识起点，那就是对新的征程发起冲锋，更加积极地有责任、有担当，不懈努力地弘扬主旋律，追求更高品质的诗词力作，奉献给伟大的祖国，以及爱国报国的英雄们和赤子们。如《踏莎行·转业抒怀》云："少小从戎，爱军习武，一生无悔军营苦。晨钟暮鼓号声催，强身健体精神抖。　　两鬓虽残，初心未腐，苍松翠柏凌云擞。年华付水也无言，青山永远归龙虎。"再如另一首《踏莎行·转业抒怀》云："明月西沉，大江东去，欲穷千里神州目。绮罗香拥绿肥红，桃源望断无重数。　　沧海扬帆，青云得路，寒霜一概抛云雾。层楼更上向来心，夕阳不负黄昏幕。"等，这些积极向上的诗句，才是内心最真实的心声和写照。

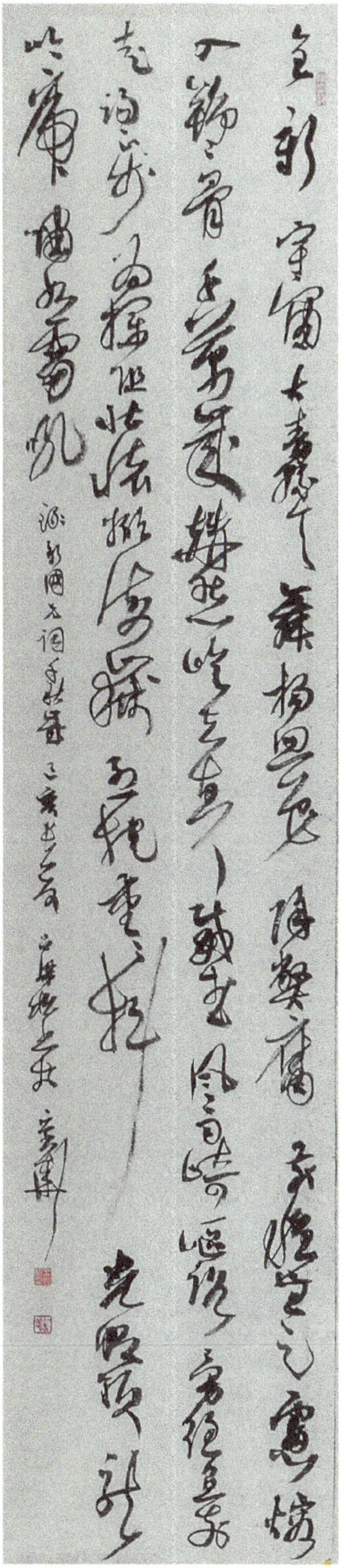

著名诗人 书法家 出版家 吕梁松 书作者诗词

幽芳

余友徐新国文
思敏捷尝見诗作
文赋面世
昔年同登黄山
彼即景华赋余尝日
当有小诗记名胜事云
诗人逸气为新国妙笔生花一时宗云谷
啊程慇望家峰峰远容家杨传今题於此以贺其
佳作新国唯率付梓

漢卿

著名书画家　何汉卿　题贺

鴻泥偶拾

木兰花慢·读沈鹏老《三馀诗词选》有感

极大千伟丽，硬朗朗，语鲜妍。更深邃潜明，高骞远逸，遐想翩然。文澜，碧流潮涌，似长风破浪送千帆。惊世铿锵警句，雄哉大翼垂天。　　吟坛，狂客联翩。椽笔梦，孰能圆？喜鹤发仙翁，倏挥彩笔，便尔鹏抟。轻弹，妙思一缕，有奇音异韵入朱弦。仰止高山流水，骚心可许承传？

烛影摇红·谢沈老赠《近作二十首》诗词书法小札

翠墨淋漓，风雷出手寒芒立。排空大壑泻云烟，舒卷峥嵘气。羡煞春风濡笔。洒长笺，星河满纸。骅骝汗血，潇洒出尘，灵光照世。　　倚马檄文，奇才不费吹灰力。平庸扫尽矗新旗，神采弥天地。惠我琅玕何璧。二十札，龙蛇犹湿。京华游子，俯仰宫墙，孺慕无已。

贺圣朝·寿鹏公八十

仙翁南岸诗书著，更吟旌高矗。千秋万世数风流，胜鹤飞云矗。　韶光弹指，青春永驻。看耄龄如虎！新开国运寿无疆，有卿云常聚！

庆春泽·寿鹏公八十

仙骨八旬，风雷在手，干云奇气嶙峋。虎步龙骧，摘桂人乐归真。雅怀襟抱清江月，似中秋朗朗乾坤。慕先生，不老石松，安享晨昏。　　向来文运多艰折，喜渡河香象，光景弥新。绝艺凿空，诗书传世经纶。高山仰止行经地，数风流万古名存。识先生，一世荣光，有幸三生。

永遇乐·谢周笃文师赠《影珠书屋吟稿》

奕叶乌衣，骊珠焕彩，杞梓秀实。摆落天书，穷通古籍，独挚生花笔。幽微朔漠，扶轮大雅，朗爽虎风龙气。压星辰、声名四海，古今巨擘堪比。　　鸿词一卷，翻江潮水，吟兴难收熠熠。旷世春华，灵光八卦，黄胄千千祀。红牙檀板，钧天广奏，狮吼凭君呼起。卧京都、漫云逸足，士林仰止。

阮郎归·读周笃文师《影珠书屋吟稿》

影珠书屋起长风，焕出万丈虹。别开生面盖元戎，词坛一代雄。　　秉直节，意雍容。陈言一扫空。金针慷慨度葱茏，天涯桃李红。

贺周笃文师八十寿诞

吟坛自古有奇翁，岱岳文宗著作宏。
砥砺沙场经百战，耕耘妙韵响千重。
金声玉震中华网，秋色晨光火炬红。
甲午高秋迎紫气，福山寿海仰周公。

龙吟曲·拜李炳焱先生为师

献身翰墨丹青，从来都是英雄气。胸中大壑，凝魂载魄，翻飞不已。干湿浓淡，枯涩布局，凌虚拙势。纵情如伯虎，驱驰万象，观吒诧、增惊悸！　　崇拜老翁何益？几晨昏、砚边临立。先知为快，淋漓亲染，龙蛇腾起。构象裁形，颠张醉素，波澜尤异。想平生诡愿，拜师学艺，模山范水！

天仙子·感恩李炳焱师作《山水图》

藐是淋漓翁不负，一纸云烟裁剪取。煌煌蓬壁漾华英，蜂乱舞，蝶乱翥，腴墨东风掀万树。　　橡笔如云翁独悟，画技超群舒亮目。描山绘水足倾城，人嫉妒，花羡慕，古往今来无复物！

蓦山溪·李炳焱师作《家乡晨曦图》致谢

清明还故，遥望山山舞。回翅载春归，语恩师，家乡景物。仙翁不吝，泼墨试豪情，皴远树，染晴皴，百计留春驻。　　春风画笔，未负频频诉。原始又鸿蒙，陈黛绿，璀琅璨目。披图若梦，悬览令踌躇，横丈幅，旷千秋，观者纷纷慕！

虞美人·赠友人

断肠心事催人老，烦恼时常扰。欣欣烈抱似当年，看惯浮云微笑对波澜。　　太平但愿人长寿，琐事抛身后。红尘漫历若多情，愿撷清词吟与美人听。

水调歌头·交友

把酒必沉醉，图个好人缘。平生行走八方，交友必当先。自信豪情万丈，做事襟怀坦荡，佳誉五湖传。谈笑有鸿硕，染翰有书仙。　　红尘里，浊浪涌，少良贤。佛光普照，能倾肝胆者茫然。诚意追寻知己，长恨知心无几，明月自婵娟。所幸满天下，处处有青山。

最高楼·戊子春月晋职抒怀

翻番雪，才送早春来。是日慢登台。海天似洗醐醍冽，新风万里豁吟怀。意如如，情惬惬，落尘埃。　　等数载、把长天望断。到现在、见云开雾散。非否此，泰方来。名场扰闹无穷事，此身独障仰君抬。壮心酬，还似虎，究何哀？

天香·甲午中秋香堂望月沉思

皓月当空，群星闪烁，孤自登楼愁赋。倦耳凄凉，清风秋露，桂影光前怀古。世间谁是？千百载、几人能悟？嗟叹英雄好汉，纷纷被奸臣误。　　犹思历朝疆土，众豪杰、以身相许。拼死争来一域，却成贪腐，辜负鸿文烈武。恨明月、千秋照寰宇，依旧重叠，翻来复去。

鹧鸪天·闻汶川大震

五月汶川动地摇，高楼瓦舍顿时天。恩仇未顾倾间灭，贫富不分一起销。　闻噩耗，万般憔。恨将椽笔捏成屑。安能插翅飞将至，也把救生重担挑。

水调歌头·读文天祥正气歌

我本楚狂客，浩浩赋流形。与人坦荡和悦，道义塞苍冥。每遇风云际会，必现英雄豪气，慷慨又峥嵘。下则在河岳，上则为辰星。　清操砥，冰雪厉，鬼神惊。长虹耿耿，一旦甘露降门庭，寒暑心昭日月，万古长存切切，铁骨自铮铮。节乃穷时见，一一付丹青。

醉花阴·与友豪饮

诗有别材因为酒，酒后诗千首。赋得旧词新，赋得清闲，赋得情长久。　每次遇到新朋友，必要喝八斗。不只为殷情，更为诗情，借酒如龙吼。

水调歌头·写榜书龙

小字看神秀，大字看沉雄。酒酣挥笔即兴，豪气贯长虹。满纸惊涛骇浪，电闪雷鸣万状，腕底起蛟龙。结体在心境，落墨在秋风。　似有我，又无我，趣无穷。一腔热血，凝思遐想豁然通。势似颠张醉素，意逞二王法度，奕奕发齐冲。掷笔亦情醉，心比太阳红。

卜算子·春日倚窗偶吟

人美闹人心，花丽迷人眼。似是苍天懂我心，每到春来灿。　昨夜绽桃花，今日梨花烂。若在窗前把住春，今世无他愿。

念奴娇·干部转业工作感怀

觅求呵护，可总是、前后排忧无术。目视窗前春雪化，难化胸中大雾。欲泛灵槎，捭阖磊落，叵奈没猜度。殷勤积虑，手心手背何顾？　长夜怎也难眠？任心潮浪卷，阑珊情绪。扯破层阴，明辨了、晴雨朝朝从暮。任务当前，刀斫加斧劈，岂能生惧。春来冬去，自当崇善寒暑。

水龙吟·抓安全工作有感

提心吊胆天天，年年围绕安全转。人行验证，车行验照，文行验卷。积虑重宵，忧风愁雨，栏杆拍遍。与韶光憔悴，昼思夜想，非感叹、关秋怨！　　筹划安全发展，意拳拳、徘徊掐算。东门要镇，西门需守，南门必捍。检往查来，朝清暮点，排忧除患。总陈年累月，鞠躬尽瘁，驻营深院！

庆春泽·贺炮研所试制工厂三十年大庆

卅载峥嵘，青山咬定，巅峰不惧攀登。一点愁云，几代人为荣拼。是非成败关兴盛，看拳拳赤子心倾。最难禁，谈笑樽前，业绩轰鸣。　　向来创业多艰险，喜精明老骥，伏枥新程。展卷宏图，沉思石破天惊。高瞻远瞩观潮涌，教长鞭策马争迎。望豪英，概念垦荒，再发弘声！

永遇乐·赴酒泉途中感怀

万里迷蒙，连山丘壑，枯木难觅。骋目风情，乌黑土地，黯黯空无际。荒寒驿站，沙沉石静，落寞梦云惊寂。慢幽吟，神州沃野，奈何干涸如此？　乍来倦客，无须寻址，一路有人周济。览阅四周，苍茫戈壁，哀叹成心事！赋心骚动，羁怀愁旅，怎教双眸凝滞？重重欲，良辰乱景，仿佛梦矣！

木兰花·夏晚与友撸串

熏风热浪蚊虫厉，一到夏天难入寐。楼前知了闹黄昏，闲来易起凭栏意。　邀君排档拼一醉，啤酒加冰方解气。花生毛豆成佳配，饮后推松曰去睡。

水龙吟·神九对接

千年一梦成真，人间天上频飞骛。非关异想，腾空一箭，九天横渡。下望尘寰，沟沟壑壑，苍茫意绪。看三名英杰，骑风驭鹤，星河里、乐何许？　白日黄鸡千古，几曾经、封神传误？迢迢出没，吴刚擎酒，嫦娥献舞。河汉何缘？月宫相聚，谈今说古。待宏图新就，鹏抟万里任扶摇去！

渔家傲·乘高铁赴九华山途中得句

高铁飞驰千里路，穿村越寨迢迢渡。南北东西无绝处，犹瞠目，瞬间掠过山山绿。　　一觉醒来天已暮，黄昏钻进黄金铺。唤起行人归各户，闻播语，下车莫忘随身物。

西江月·秋思

常爱同情世界，如何冷暖炎凉。秋风一到满山黄，落叶漫天迭荡。　　总盼安然无恙，更期身体健康。秋风过后俱吉祥，一切随心想象。

龙吟曲·梦想创建"中华百龙园"感赋

未曾石破天惊，而今大做春秋梦。一年规划，三年奋斗，五年成栋。水起风生，心游无际，神思飞动。想百龙腾舞，参差万象，魂缠绕、情犹纵！　　登岳遥岑远目，恨天涯、波涛云涌。流光过隙，柔肠千缕，忧愁难控。决意纷呈，一分春色，三分耕种。盼苍天助我，中华美景，众人齐拱。

七律二首·中秋携友香堂望月沉思

（一）

翠华山下莽然平，携友登楼望月明。

漾漾清光溶夜色，蓝蓝玉宇照澄清。

青楼梦好难如意，豆蔻词工不解情。

难得今宵君共我，举杯豪饮醉平生。

（二）

今宵望月至多情，不在军中思纵横。

肝胆磨光倾牛斗，弧矢闪烁向人明。

吴刚坚守长城上，精卫荷戈细柳营。

恣意清风明月夜，再无倭贼扰边城。

虞美人·静夜思

夜来枕上浓愁绕，漫打相思稿。华灯着意此安排，为赋新诗兴奋到开怀。　　仿佛觅句云天外，发现谪仙在。急忙退却梦魂中，好像尘心想落与神通。

小重山·八月十二日出京遇雨得句

2016 年 8 月 12 日与贾某、张某、刘某同车前往山西朔州参加战友辛红勤女儿婚礼，途中遇雨，却开怀而行，遂琢小词以助其兴。

大雾茫茫天雨来，依然如故是、向前开。狂风挟雨涤尘埃，乾坤净，荡尽世间霾。　　我等畅幽怀。驰驱千里路、笑盈腮。出京雨过太阳谐，云淡淡，此景实难哉！

满庭芳·凝神书法

正气凝聚，毫锋百转，犁透三尺云层。一怀愁绪，泼向锦罗绫。吒起惊涛骇浪，翻天地、霹雳耕耘。潇潇雨、从容不迫，挥翰寂无声。　　登临，书世界，环球霄壤，柳暗花明。看无限豪情，急就章成。纸上连绵秋草，凭醉墨、得意忘形。堪求法，龙飞凤舞，满壁露峥嵘。

水调歌头·南水北调

碧绿一江水，千里入京城。壮哉飞越腾达，浩荡势恢宏。近看浪花似玉，远看如龙横亘，迤逦纵横行。昼载繁华景，夜映满天星。　　说一千，道一万，靠国情。中华民族，担当使命有精英。绮梦苍天相助，得道诸神相挺，处处有佳音。际遇好时代，无所不能成。

千秋岁·中国共产党

全新宇宙，大纛冲天舞。扬血色，除弊腐。前程无足虑，熔铸铮铮骨。千万岁，赫然屹立真威武。　　风雨崎岖路，勇往直前走。踢正步，无拦阻，壮怀掀海岳，烈抱重重抖。光明顶，龙吟虎啸如雷吼。

渔家傲·纪念抗战胜利七十周年

怀恨天天难入寐，七十载债今犹记。鬼子恶行真可气。多不义、如同魍魉和魑魅。　　黑雨挟涛飓嚣地，阴霾时泛东瀛里。喜我长城今壮立。长剑厉、龙吟虎啸撕心肺。

水调歌头·纪念抗战胜利七十周年

君有倚天剑，八载就磨光。斩杀魔鬼无数，灭掉狗豺狼。半世硝烟虽逝，五百醒狮挺立，列岸啸穹苍。气势吞河岳，民族栋材梁。　　常忆此、风云会、几神伤？不应有恨，可是贼胆总疯狂。不断阴阳怪气，复辟军国主义，窥我铁铜墙。好在炎黄子，众志守辉煌。

【注】
曾发表于 2015 年《中华诗词》第 9 期

水调歌头·纪念反法西斯战争胜利七十周年感怀

盘古辟天地，万载靠仁君。不停更替朝代，翻覆只图新。烽火朝朝弥漫，至此谁能记取，追究那些因。抗战火刚灭，思想又沉沦。　　望星空，难入梦，想纷纷。百年不到，如何忘却这般神。难道人间疾苦，就该重重演绎，屡屡受艰辛。试问普天下，多少是良民？

水调歌头·读史感怀

老骥健伏枥，烈士壮心昂。开天创宇之始，人类就图强。生命从来未止，时运轮回百度，风水转玄黄。世事如棋势，谁也不能降。　每有思，皆感叹，且激扬。三皇五帝，延续千古不寻常。圣者怀鸿献计，贤者峥嵘砺志，庸者看辉煌。代代皆如此，永远是沧桑。

伤春怨·观抗战故事片有感

电影天天演，电视重重播看。故事也无穷，就是没人忧患。　而今频频叹，恐又伤春怨。个个为财生，哪管了、人间乱。

水调歌头·怀越战战友

对越反击战，誓去也匆匆。当年阴差阳错，差点在其中。每忆同期战友，都是凌云豪气，个个是英雄。抢着上前线，拼死尽伞忠。　到如今，四十载，几人红？官僚不问，民众谁记那时功。衣锦还乡置业，多数一生悲切，窘境胜民工。每每念如此，辗转恨无穷。

卜算子慢·与友秋夜操场漫步闲聊

疏桐挂月，浓柳蔽阴，又是立秋时节。此恨无常，为的哪般情结？望星空、浩瀚观明灭。对汗漫、伤怀念远，无非世态凉热。　子夜天澄彻，慢步想些些，与君相切。感叹河清，海晏几多碧血？到如今，谁记英雄烈。只恐怕、端杯吃酒，放杯如狼劣。

踏莎行·夏夜运动场漫步

明月当空，星河瀚漫，孤身遥望银河湛。夜阑人静最宜观，祥云就在身边转。　多少天来，熏风缭乱，丝毫不用生埋怨。操场运动汗淋漓，闲愁顿觉纷纷散。

蝶恋花·记得当时年纪小

记得当时年纪小，为取功名，夜夜残灯照。检遍史书千卷少，诗吟鹏背无人晓。　往事如烟虽散了，回放童心，影像芸芸恼。灵性无须开化早，晚成大器方才好。

天仙子·记得当时年纪小

记得当时年纪小，身上长刺头长角。天天闲逛乐逍遥，寻荒草，追鹊鸟，兴尽不知玩啥好。　　往事重提堪一笑，遗憾如今难再找。拿云气概已全抛，神思耗，心意邈，唯听耳边风怒号。

渔家傲·记得当时年纪小

记得当时年纪小，忠奸善恶难分晓。常把狞人当友吊。无目标，风吹墙草四边倒。　　真假是非今辨了，许多往事纷缠绕。犹记生生常弄巧。真懊恼，至今仍为无知恼。

醉花阴·记得当时年纪小

记得当时年纪小，衣食难温饱。赤脚满山凹，散发蓬头、蹑影追风跑。　　尔今老气如秋草，倚马才情少。把酒对斜阳，醉赏烟霞、愈觉时光渺。

临江仙·记得当时年纪小

　　记得当时年纪小，难知世路迢遥。任它心性
拔清高。癫狂无拒检，浓想亦浮飘。　　一梦华
胥四十载，与生爱弄风骚。层楼向晚饮香醪。文
章开异彩，灵气化诗潮。

惜分飞·记得当时年纪小

　　记得当时年纪小，清想虚无缥缈。金子家中
造，宝珠如雨天空掉。　　痴梦醒来人已老，羞
涩囊中分晓。好在开光早，苦贫不惧他人笑。

记得当时年纪小

　　记得当时年纪小，求知不怕路迢遥。
衣衫褴褛鞋儿破，污垢蓬头脸面糟。
身世浮沉凭雨打，辛酸苦辣任咀嚼。
若非百味俱尝尽，何以今朝着锦袍。

【注】
　　2007年应《光明日报》之邀，以"记得当时年纪小"为句作诗，
遂吟七韵，被选用三首

正气凝聚笔下豪情

——《鸿泥偶拾》简评

张脉峰

　　新国兄是我多年的挚友，我对他颇有了解。印象中他是一个勤奋的人，一个豪气的人，一个坦荡直率的人，一个追逐梦想的人。《诗词之友》杂志，以及许多报刊都对他的书法和诗词进行过高度的评介。近日，他告诉我计划再出一个集子，名曰《新国吟草》，共分六部分，嘱我将《鸿泥偶拾》部分写篇评论，作为好友，我不能无话可说，于是，认真研读后便有如下之感慨。

　　说他勤奋，诗中可见一斑。

　　如《鹧鸪天·闻汶川大震》：

　　五月汶川动地摇，高楼瓦舍顿时夭。恩仇未顾倾间灭，贫富不分一起销。　　闻噩耗，万般憔。恨将椽笔捏成屑。安能插翅飞将至，也把救生重担挑。

《水龙吟·神九对接》：

千年一梦成真，人间天上频飞骞。非关异想，腾空一箭，九天横渡。下望尘寰，沟沟壑壑，苍茫意绪。看三名英杰，骑风驭鹤，星河里、乐何许？　白日黄鸡千古，几曾经、封神传误？迢迢出没，吴刚擎酒，嫦娥献舞。河汉何缘？月宫相聚，谈今说古。待宏图新就，鹏抟万里任扶摇去！

《卜算子·春日倚窗偶吟》：

人美闹人心，花丽迷人眼。似是苍天懂我心，每到春来灿。　昨夜绽桃花，今日梨花烂。若在窗前把住春，今世无它愿。

《醉花阴·与友豪饮》：

诗有别材因为酒，酒后诗千首。赋得旧词新，赋得清闲，赋得情长久。　每次遇到新朋友，必要喝八斗。不只为殷情，更为诗情，借酒如龙吼。

《虞美人·静夜思》：

夜来枕上浓愁绕，漫打相思稿。华灯着意此安排，为赋新诗兴奋到开怀。　仿佛觅句云天外，发现谪仙在。急忙退却梦魂中，好像尘心想落与神通。

《永遇乐·赴酒泉途中感怀》：

> 万里迷蒙，连山丘壑，枯木难觅。骋目风情，乌黑土地，黯黯空无际。荒寒驿站，沙沉石静，落寞梦云惊寂。慢幽吟，神州沃野，奈何干涸如此？　乍来倦客，无须寻址，一路有人周济。览阅四周，苍茫戈壁，哀叹成心事！赋心骚动，羁怀愁旅，怎教双眸凝滞？重重欲，良辰乱景，仿佛梦矣！

《渔家傲·乘高铁赴九华山途中得句》：

> 高铁飞驰千里路，穿村越寨迢迢度。南北东西无绝处，犹瞠目，瞬间掠过山山绿。　一觉醒来天已暮，黄昏钻进黄金铺。唤起行人归各户，闻播语，下车莫忘随身物。

等等，类似于这样的词作在《鸿泥偶拾》组词中一一展现，可以说，有心人时时处处有诗。这些词作，来源于生活，来源于工作。来源于白天，来源于夜晚。来源于路上，来源于休闲，而更多是来源于春夏秋冬之灵感，行思于路，卧想于床。每遇国家大事、天灾人祸，他必有所思。每到一处，他必有所念。每当独处之时、工作之时、休闲之时，也必有所感。站在窗前，他凝思浮想，欲把春天挽住。乘坐高铁，他能把瞬间掠过的景象记录在案。与朋友相聚，他必借酒兴怀，酒后诗千行。干工作有心得体会，写书法有神光体现，春夏秋冬皆有所得。就连晚上睡觉，也会兴奋到开怀，常常半夜披衣起坐，吟风弄月，此乃诗人之真性情也，没有行思于路、卧想于床的勤奋精神，是不可能有如此之多的诗作呈现的。虽是偶有所得，也是精细得惊人，每一首词都有它独特的意境和艺术表现，令人玩味无穷。

说他豪气，诗中亦有显现。如《满庭芳·凝神书法》：

> 正气凝聚，毫锋百转，犁透三尺云层。一怀愁绪，泼向锦罗绫。吒起惊涛骇浪，翻天地、霹雳耕耘。潇潇雨、从容不迫，挥翰寂无声。　　登临，书世界，环球霄壤，柳暗花明。看无限豪情，急就章成。纸上连绵秋草，凭醉墨、得意忘形。堪求法，龙飞凤舞，满壁露峥嵘。

上片一眼望去，顿觉精神抖擞，豪气冲天。下片一幅"得意忘形"的样子，一看便知诗人书法家写出得意书法之作后，表现出的那种"喜形于色"的神态，是何等的豪气。

再如《水调歌头·读文天祥正气歌》：

> 我本楚狂客，浩浩赋流形。与人坦荡和悦，道义塞苍冥。每遇风云际会，必现英雄豪气，慷慨又峥嵘。下则在河岳，上则为辰星。　　清操砥，冰雪厉，鬼神惊。长虹耿耿，一旦甘露降门庭，寒暑心昭日月，万古长存切切，铁骨自铮铮。节乃穷时见，一一付丹青。

"道义塞苍冥"，大有豪气干云之气概。"节乃穷时见，一一付丹青"，这是文天祥《正气歌》"时穷节乃见，一一垂丹青"的化句，他能够通过读古人的书，把古人的思想境界化为自己的心志，做到锲而不舍、坚韧不拔，并且恰当地用诗词的形式表现出来，可见其心性之高和文采之丽。类似于这样的词作，在《鸿泥偶拾》部分中也是举不胜举。

说他坦荡直率，诗中自有交待。

如《木兰花·夏晚与友撸串》：

> 熏风热浪蚊虫厉，一到夏天难入寐。楼前知了闹黄昏，闲来易起凭栏意。　邀君排档拼一醉，啤酒加冰方解气。花生毛豆成佳配，饮后推松曰去睡。

夏天那些闷热难耐的日子，夜短昼长，一到黄昏，微风掠地，容易使人寂寞惆怅，难免会勾起人们邀朋携友去喝一杯凉啤酒之意，这本来是一件很平常的生活琐碎之事，但在词人的笔下却另有一番趣味。"饮后推松曰去睡"，把酒后的形象激活了。俨然一幅辛弃疾"昨夜松边醉倒，问松我醉何如，置凝松动要来扶，一手推松曰去"的样子，形象可爱，既突出诗人善于坦白直言的性格，又显现出诗人驾驭文字的高超艺术，十分难得。

再如《水调歌头·交友》：

> 把酒必沉醉，图个好人缘。平生行走八方，交友必当先。自信豪情万丈，做事襟怀坦荡，佳誉五湖传。谈笑有鸿硕，染翰有书仙。　红尘里，浊浪涌，少良贤。佛光普照，能倾肝胆者茫然。诚意追寻知己，长恨知心无几，明月自婵娟。所幸满天下，处处有青山。

这首词没有丝毫的掩饰做作。词人坦荡直白，落落大方，甚至是不加任何修饰的直率，把一个词人的真实性情表现得活龙活现。"把酒必沉醉，图个好人缘。"中国人的传统，酒风看作风，酒品看人品。新国兄正是遵循着中华民族最优秀的传统文化来做人做事。我们多次相聚，他总是以慷慨激昂的形象出现。与大家相处，从来不计较得失，因此常常受到大家的好评和赞扬。"谈笑有鸿硕，染翰有书仙"，说明我辈并非蓬蒿人，天天接触的都是文人墨客，陶然自在。"所幸满天下，处处有青山"，不仅大张文胆，而且直抒胸臆，坦率地告诉大家，因为胸襟磊落，所以朋友遍天下，把自己的人品、性格和盘托出，坦露得淋漓尽致。

说他有梦想，诗中更是一目了然。如《水龙吟·抓安全工作有感》云：

> 提心吊胆天天，年年围绕安全转。人行验证，车行验照，文行验卷。积虑重宵，忧风愁雨，栏杆拍遍。与韶光憔悴，昼思夜想，非感叹、关秋怨！　　筹划安全发展，意拳拳、徘徊掐算。东门要镇，西门需守，南门必捍。检往查来，朝清暮点，排忧除患。总陈年累月，鞠躬尽瘁，驻营深院！

诗情昂然，词意通透。一看便知，诗人是个军人，同时也是一个极为认真的人。为了单位营院的安全，"积虑重宵"，"昼思夜想"，"陈年累月"，"排忧除患"。曾经戎马三十余载，词中把自己兢兢业业、一丝不苟、鞠躬尽瘁的工作态度娓娓道来，大有一泻衷肠之快。

再如《龙吟曲·梦想创建"中华百龙园"感赋》诗中写道：

> 未曾石破天惊，而今大做春秋梦。一年规划，三年奋斗，五年成栋。水起风生，心游无际，神思飞动。想百龙腾舞，参差万象，魂缠绕、情犹纵！　登岳遥岑远目，恨天涯、波涛云涌。流光过隙，柔肠千缕，忧愁难控。决意纷呈，一分春色，三分耕种。盼苍天助我，中华美景，众人齐拱。

这是一个何等大胆的设想啊！新国兄还是一位书法家，近年来在全国也颇有些名气和影响力，成绩斐然。他曾创作了一百个"龙"字的榜书书法造型，意寓着一个民族的兴旺发达。因为中国人都是龙的传人，百家姓中正好有一百个姓氏，创造一百个"龙"字书法造型，就代表了一百个姓氏的兴盛。他不仅写成了，而且还梦想着创建百龙园，创建百龙艺术馆。他的理想目标是远大的、宏伟的，我想，一个没有理想目标的人大底是没有前途的。他的理想目标不在乎是否远大、是否成功，而在于是不是敢想敢做，至少这种精神是值得大家感佩的，他已经完成他的第一步构想，我们更加期待他一步步的成功。

谈到新国兄的诗词艺术，过去我曾经帮助他出版过第一部诗词集《磨盾集》，凡读到过他的作品的诗友们都会有一种共同的感受，那就是白话入诗，真情流露，直抒胸臆。在《鸿泥偶拾》部分中共有60首，除上述提到的外，基本上也都是一样，随时随地，无处不诗。心有所想，随心所欲。极少用典，明白如话，朗朗上口。古今诗人历来追求随其兴致，登山则情满于山，观海则情溢于海，新国兄正是这样一位性情中人，希望不断进取，在诗艺上更加优美动人。

【注】作者系中国作家协会会员，中国楹联学会诗词文化研究院常务副院长兼秘书长，北京诗词学会副会长，《诗词之友》杂志主编。

著名书画家 张春晓 书作者诗词

松下傳教

賀武國竹草出版

戊戌年菊月姜長源畫

著名书画家 姜长源 题贺

故乡行吟

南歌子·徐家凹

我自山出世，山因我得名。得名不是我光荣，只为农家子弟证峥嵘。　卅载青春梦，终无怨恨情。搏来锦绣好前程，还有文华美誉一声声。

少年游·徐家凹

山高水远我穷家，风物也无华。乱石堆砌，悬崖峭壁，草木亦稀发。　曾经养我十六载，温饱俱成瞎。夏日无凉，冬天无暖，苦难不堪嗟。

眼儿媚·春回徐家凹

野岭清明已青青，布谷鸟声声。人都迁居，房门久闭，剩下安宁。　归来幸好家门弟，招待有鲜蒸。乡醇管醉，白天观日，夜里观星。

唐多令·秋回徐家凹

满眼是乡愁，乡愁处处忧。古人云：怕上山头。木落山空风雨骤。春未见，又逢秋。　诸事念悠悠，童年印象浮。想归来、似客淹留。豪饮乡醇和梦鬻，终不似，少年游。

喝火令·回徐家凹

老远听人叫，谁家有客临？满天云彩下山迎。枝上喜鹊吵闹，院里小孩腾。　　卅载情如旧，常通塞外声。而今回到旧空庭，看也深情，望也更生情。屈指数年沉溺，往事可难呈。

人月圆·回徐家凹有怀双亲

天天都说回家好，因为有双亲。新春未到，华灯一照，思念缤纷。　　一回村里，山深人静，杜宇惊魂。萧萧寒夜，爹妈不在，心绞如焚。

画堂春·清明回乡祭祖

家乡父老在山中，年年心意重重。淡云孤雁叹飘蓬，愁敛眉峰。　　今日锦衣白首，叩头不见云踪。慢揉双眼泪蒙蒙，只道西东。

柳梢青·见石门小学有怀

两座茅棚，老师三个，几代门生。热闹非常，咿呀学语，我也曾经。　　如今不见峥嵘，学校变、经商运营。破落沙尘，荒烟衰草，没了名声。

江城子·石门村有怀

穷山恶水一重重。草稀丛，树稀葱。人烟更少、到处见空空。村落荒芜归鸟兽。贫贱地，滥哄哄。　　儿时印象仍憧憧。眼朦胧，影朦胧。追寻老小，个个俱无踪。独有石门垭子在，人寂静，望忡忡。

朝中措·忆岔河学校

曾经母校已然亲，印象自清清。手种门前橄榄，如今叶茂青青。　　可惜庭院，流年风雨，老了八成。不是天涯遥远，有心难为峥嵘。

浪淘沙·回石门村忆启蒙老师彭有斌

遥忆想当年，学海无边。启蒙教育最艰难，只有先生知识阔，只手相传。　　独我意阑珊，一向贪全。学他翰墨又习仙。不管落花春去也，常记心间。

巫山一段云·叹彭有斌师

往事悠悠忆，彭师最可怜。青年下放到村栏，一辈子波澜。　　民办十余载，天天待复还。等来一纸见青天，生命已无还。

临江仙·回五峰乡见闻

水影山风无恙，曾经印象朦胧。五峰冠上绿葱茏。残街虽旧在，变化却恢弘。　　学校高楼耸立，长街小店重重。东来紫气亦蓬蓬。行人新式样，老幼乐融融。

临江仙·回五峰乡请周贤瑜、庹新文师小酌

每到家乡走动，必然思绪浓浓。少年心事一丛丛。闲来街上逛，沐浴五峰风。　　有请少年师长，赏光小店重逢。千杯不醉乐融融。师生难得见，饮到暮天红。

鹧鸪天·丁酉清明回五峰乡观感

冬去春来归故乡，我家就在五峰旁。每年必到街头转，总有新生事物装。　　今载至，又徜徉，眼前一亮好风光。东西二壑山溪水，已变农村富裕庄。

临江仙·乙未春闲逛五峰乡街有感

少小离家出走，如今老态龙钟。随风一路叹无穷。孩童相见笑，爷爷秃发松。　　不二人生何故？花容易变秋冬。光明顶上写光荣。当年经汉水，一去五十空。

雪梅香·回郧县瞻仰烈士陵园

矗高岭，丰碑耸入半云空。任连天芳草，萋萋绿翠烟浓。好个陵园自然景，水村香岸立葱茏。绝佳地，意气郧人，无愧英雄。　　临风，上台阶，步履沉沉，哀叹重重。未管他人，晚生步步鞠躬。烈士陵前几悲痛？万千思绪敛眉峰。春潮涌、多少余情，都敬垂虹。

长相思·黄龙大坝（二首）

（一）

少年游，老年游，最爱黄龙坝上头，青山称眼眸。　　爱悠悠，意悠悠，但见常年绿水流，深情心上浮。

（二）

去年游，今年游，总有春风荡旧愁，闲情付与讴。　　山无由，水无由，晴翠随心为我留，新诗又一酬。

蝶恋花·观五峰乡油菜花

又是阳春三月弄，好个清明，烟雨蒙蒙动。草色烟光纷似种，尤其油菜花横纵。　　难得归来追彩梦，排雾逐云，南北东西蹦。不懈吟心文气重，胸中早已诗成栋。

风入松·回十堰

每经闹市意阑珊，驻足必油然。亲朋好友频欢宴，易成醉，醉后如仙。最爱农家青菜，每餐品味翻番。　　春风料峭玉门关，与我不相干。天天慢步桃花堰，数十里、陶醉无边。胜与豪华官邸，山川染我童颜。

渔家傲·乙未春回五峰乡小镇遇雨

又见家乡风景改，澄鲜清气山中溉。老树新枝春世界。真豪迈，满沟油菜花如海。　　细雨绵绵烟带彩，东峰路转西峰跩。南北峰街今宿歇，尘埃外，朝腾夜静精神恺。

木兰花·乙未春与杨琮凯仁兄赴房县道上遇雪

阳春三月经房县，一带青山无限焕。更奇一路雪纷纷，若梦景观难得见。　　蒙蒙大雾春光暗，雾里看花真浪漫。行瞧玉树亦匆匆，骚客随心情不乱。

偷声木兰花·访神农架腹地范家垭水库

　　驰驱千里神农架，风雪交加云雾咤。雾里穿峡，一路欣观万丈崖。　　初来此地何憧憬？一见范家垭子迥。好个杨兄，浩瀚工程已建成。

鹧鸪天·贺杨琮凯仁兄范家垭水库工程竣工

　　岁月蹉跎创业艰，农民之子不平凡。范家垭子积深水，万众工程不靠天。　　青嶂峙，立山前，东风见证此兄贤。铮铮铁骨堆成坝，大梦终随十五圆。

【注】
杨琮凯，湖北省十堰市九润电力公司董事长。

水调歌头·感叹老家徐家凹

　　世上繁华景，都在岳华巅。徐家凹里名气，自古不沾边。山未高崖一等，水未低洼成渊，更愧绝奇观。没有虎和豹，没有圣和贤。　　日幽怨，夜啼鹃，也徒然。无穷潦倒，愁苦常教泪涟涟。父母天天受罪，更是经年受累，好事不逢缘。背井窥三界，无比我家难。

蝶恋花·家乡之春

一望家乡春烂漫，油菜花黄，不让群英灿。南北峰峰如梦幻，年年游客争相看。　　多谢乡亲无私念，奉献家田，引以芳菲展。水魄山魂都可见，谁来谁看谁夸赞。

水调歌头·酒醒思乡奈愁浓

好个繁华梦，被酒曳温床。醒来惊悚何等，把眼瞅云窗。夜静更深如故，明月悬空低诉，惹我暗愁肠。常忆苦和乐，感慨在家乡。　　思往事，观现在，皆成觞。穷山恶水，忽云忽雨总凄凉。不管人情冷暖，还是田园土地，所见尽沧桑。石烂树稀少，风景仅芜荒。

虞美人·乡情

家山寂寂何开眼，只有晴光灿。春来油菜满沟黄，香气令人三载夜难央。　　每年四月清明节，我必归乡窈。虽然没有杜鹃红，春意也能使我梦无穷。

水调歌头·感叹老家徐家凹

　　背井五十载，奋斗为戎装。爹娘总是托梦，祈盼众儿强。可叹生生无用，都是八毛难挣，一辈子穷光。生活总清苦，烦恼世无双。　　经改革，遇开放，仍然惶。天生愚钝，无知才是最荒唐。不是因风得雨，便是寒蛩夜泣，无法解愁肠。偶尔入佛道，解惑透心凉。

笔下乡愁醇如酒

——《故乡行吟》简评

李清安

　　承蒙新国兄厚爱，将其词作《故乡行吟》一卷寄我赏读。原以为军旅诗人的诗词一如此前零零星星读到他的作品那样，必定也属硬语盘空、跌宕豪放一路。未曾想展卷之余，竟读出了一名军人的铁骨柔情。新国兄笔下缕缕乡愁令人心颤，不由得让人生发出许多感慨来。

　　在我印象中，新国兄不仅是一名军人，还是一名书法家兼诗人。其酣畅恢宏、磅礴大气的榜书书风任何时候都能给人的心灵带来一种深深的震撼。翻开他几年前出版的书法集《徐新国榜书册》，"福""寿""龙""蛇""剑""道""尚武""风云""山高水长""江山如画""浩然正气""气贯长虹"等一幅幅充溢着阳刚之气的书法作品，无不展现出当代军人百折不挠、百炼成钢的可贵品质。还有他未收录入册的一百多个"龙"字，或潜或腾或显或隐或飞或盘或游或藏，"百体龙书"将龙的精神彰显得淋漓尽致。当代诗词名家周笃文先生曾赞其书曰："笔底龙蛇观气象，胸中韬略走风雷"可谓十分精准。新国兄对自己的"龙"书也非常自得，有词数阕为证：酒醉书情勃发，笔飞大浪淘沙，风驰电掣布烟霞，骤雨惊龙出罅。　　　跌宕胸中块垒，激扬眼底风华。身居斗室意天涯，欲比云山高下。——《西江月·书"龙"》"欲比云山高下"。读其词视其书念其人，犹见词中有人，书中有龙，形神皆备相得益彰。词人书游龙时，"腕底露峥嵘，倒海雄风。惊涛骇浪觅蛟踪。整顿天兵严布阵，缚住游龙。"（《浪淘沙·书游龙》）书苍龙时："雷鸣电闪晴空，松涛怒卷层峰。紧握长锋在手，霎时挥就苍龙。"（《清平乐·书苍龙》）酒后书龙翔凤翥是："酒后神思飘动，无缰野马难收。行云如水大江流，墨海滔滔雨骤。"（《西江月·酒后书"龙翔凤翥"随感》）

以前接触新国兄这些书法诗词时感觉其风格与他浓眉、方正、粗犷、雄姿英发的男儿气质、军人形象相近。直到赏读案头新国兄寄来的一卷《故乡行吟》词作，才真真切切感受到在他豪放俊朗的外表下，还藏有一颗细腻、柔软的心。

　　　我自山出世，山因我得名。得名不是我光荣，
　　只为农家子弟证峥嵘。　　　卅载青春梦，终无怨
　　恨情。搏来锦绣好前程，还有文华美誉一声声。

——《南歌子·徐家凹》。在中国幅员辽阔的土地上有很多地名是以姓氏命名的，如张家湾、李家槽、赵家岭以及徐家凹等。大凡以某姓氏命名的地方说明某姓氏属于当地名门望族。徐家凹是新国兄出生的地方，山随人姓，可见徐氏一脉在徐家凹亦非等闲之族。"我自山出世，山因我得名。"词人以生于斯山而荣幸，斯山因取徐名而骄傲。用语浅近直白，情感含蓄深沉。"得名不是我光荣，只为农家子弟证峥嵘。"山因人得名是为了见证徐氏子孙不朽功业，铭记徐氏

子弟峥嵘岁月。全词无典，意脉流畅，有自信有祝愿，富有极强的艺术感染力。

> 野岭清明已青青，布谷鸟声声。人都迁居，房门久闭，剩有安宁。　　归来幸有家门弟，招待有鲜蒸。乡醇管醉，白天观日，夜里观星。

——《眼儿媚·春回徐家凹》。词人青年时离开家乡应征入伍，数十年后再回到童年少年时代生活过的徐家凹，入眸"野岭清明"，盈耳"布谷声声"，原来熟悉的老家早已物是人非，"房门久闭，只剩安宁"。好在徐家凹有族房兄弟，有乡醇鲜蒸，那久违的乡音、朴实的亲情让词人在一片乡愁笼罩下还能怡然自得的"白天观日，夜里观星。"也是人生一大快事尔。词之煞拍展示出词人"豁达"的人生态度，给人一种言未尽且意无穷之感。

古往今来，中国传统文人深受儒家文化浸润，青年时代便会离开家乡或云游或宦游或商游，他们追求建功立业亦渴望封妻荫子。中年以后的他们不管在外境遇如何，功成名就也好，失意落魄也罢，对家乡都有一种不可言状的情绪。家乡的一草一木都能给客居他乡的游子带来温馨的慰藉；旧时月色、儿时伙伴时常会来到梦里，来到酒边来到笔端，给自己以温暖以力量。这种对家乡的浓浓乡愁、深深眷念，成了许多人一生的精神寄托。以至于他们在终老以后都会向往叶落归根。新国兄深受传统文化的熏陶，对此也不例外，工作之余曾写下了大量的诗词来寻梦自己的家乡。如：

> 满眼是乡愁，乡愁处处忧。古人云：怕上山头。木落山空风雨骤。春未见，又逢秋。

——《唐多令·秋回徐家凹》。"卅载情如旧，常通塞外声。而今回到旧空庭，看也深情，望也更生情。屈指数年沉溺，往事可难呈。"（《喝火令·回徐家凹》）"世上繁华景，都在岳华巅。徐家凹里名气，自古不沾边。山未高崖一等，水未低洼成渊，更愧绝奇观。"（《水调歌头·有感徐家凹老家》）词人对家乡的一片深情早已融进了血液，词笔撩起乡愁缕缕，回望家山泪眼蒙蒙。

一个人爱恋自己的家乡必定会更深爱自己的亲人。写自己的家乡毫无例外地要写到自己的父母、师尊、亲友、同窗，这些朴实无华的情感跟家乡风物一起构成一个人的精神世界，这样的精神世界深藏着善良、正直、忠诚、无畏这些至高至贵的品质。

> 天天都说回家好，因为有双亲。新春未到，华灯一照，思念缤纷。　　一回村里，山深人静，杜宇惊魂。萧萧寒夜，爹妈不在，心绞如焚。

——《人月圆·回徐家凹有怀双亲》。每个人都有过这样一种幸福的体验：父母在时，父母在哪里家就在哪里；每个人也都有过这样一种悲痛的经历：当父母离去时，感觉到天要塌了，那种撕心裂肺甚至要追随父母而去的冲动远非笔墨所能形容。新国兄这首《人月圆·回徐家凹有怀双亲》一词给读者带来的就是这样一种特别的共鸣："天天都说回家好，因为有双亲。"每逢佳节，每见华灯，思念父母的情感就像开闸决堤一般。"缤纷"一词词味甚浓，引人联想。"一回村里，山深人静，杜宇惊魂。萧萧寒夜，爹妈不在，心绞如焚。"语言不假雕饰，感情真挚浓烈。虽言浅而情真确是难得佳构。这首词有一个重要特点，词人用《人月圆》的词牌来抒发对双亲的怀念，是别出心裁的安排。人月圆预示的是团团圆圆、花好月圆，宜写欢乐之事幸福之境。而这首词写的却是"爹妈不在，心绞如焚"悲痛难忍之情。词的上阕虽有"华灯一照"之美景，下阕确是"萧萧寒夜"之凄氛，以乐景衬悲景，巨大的反差足见词人匠心独用的艺术才能，如此谋篇能起到震撼人心的效果，这无疑是此词的成功之处。

通读新国兄怀故乡思亲友一类的词作，发现词人在词中善于营造忧伤、凄美的气氛。如：

家乡父老在山中，年年心意重重。淡云孤雁叹飘蓬，愁敛眉峰。

——《画堂春·清明回乡祭祖》"儿时印象仍憧憧。眼朦胧，影朦胧。追寻老小，个个俱无踪。独有石门垭子在，人寂静，望忡忡。"（《江城子·石门村有怀》）有些文学作品在赏读时不能仅看表面，还要读者透过表面去触摸内在的一些东西。《江城子·石门村有怀》词就是这样的作品。词人在这首词里表面上是怀旧，但有现实的光注隐含于内，为什么会"追寻老小，个个俱无踪"，为什么会"独有石门垭了在，人寂静，望忡忡"呢，这或许是词人在用一种独特的视角以词这种文学形式对当下乡村社会现实所作的一种特殊的记录。至于记录的是什么，词人没有明说，留待读者自己去思考。"曾经母校已然亲，印象自清清。手种门前橄榄，如今叶茂青青。"（《朝中措·忆岔河学校》）"往事悠悠忆，彭师最可怜。青年下放到村栏，一辈子波澜。"（《巫山一段云•叹彭有斌师》)词人的这些词作似脱口而出，通俗易懂，难能可贵。还有一些生活气息浓郁的词，也令人印象深刻："有请少年师长，赏光小店重逢。千杯不醉乐融融。师生难得见，饮到暮天红。"（《临江仙•回五峰乡请周贤瑜、庹新文教师小酌》）格调本属清新婉约一类，但至"饮到暮天红"一句时犹见词人豪气四溢。

品味新国兄笔下这些词就是品读我们曾经生活过的故乡。这些词作一个共同特点就是情感厚重真挚、语言明白如话、气脉自然流畅，风格沉著，感染力强。"重者，沉著之谓，在气格，不在字句。于梦窗词庶几见之。即其芬菲铿丽之作，中间隽句艳字，莫不有沉挚之思，灏瀚之气，挟之以流转。令人玩索而不能尽，则其中之所存者厚。沉著者，厚之发见乎外者也。"（况周颐《蕙风词话》卷二）所谓"沉著"，就是将深厚的情感用文学艺术形式充分地再现。于此方面，新国兄早已深谙三昧。

诗词作为传统文化，首在继承，贵在创新。创新就是要有自己的风格，或语言或意境或表现手法，如能独树一帜，自然登堂入室。一卷《故乡行吟》，词风纯朴、格调沉郁、语言晓畅，无疑已经形成了新国兄自己的风格。

以上乃一管之见，供新国兄批评指正。

岁次戊戌良月中浣于抱一壶庐

【注】
作者系中华诗词学会理事、湖北省中华诗词学会副会长、《诗词家》杂志社社长。

痛挽雙親

寒冬腊月（隶书诗作）

平生百厄纷纷
寒每一冬飘雪
我父其中六剹
正挺甲子春同
良宵爽永人夯

佳木斯市书协副主席 于俊敏 书作者诗词

鹧鸪天·忆父

赫赫光明磊落身，峥嵘一世未逢春。艰难困苦披荆斩，铁打精神不服人。　躬尽瘁，百般勤，耕天耘地日图新。伶仃洋里寻生计，背负荒山为子孙。

八声甘州·清明祭父

到父亲墓地叩三头，无尽泪双流。问苍茫大地，人间悲痛，多少春秋？忍教天涯赤子，肠断意难收。黯淡神情里，久久凝眸！　常忆音容笑貌，总清尊素影，慈爱悠悠！叹如今两界，无语道离愁。只年年，云中望鹤。恨年年，寂寂物华休。谁知我，一怀愁绪，几段啁啾？

凤凰台上忆吹箫·寒夜思父

明月如钩，望云生叹，忍教思念滔滔。问父亲天上，是否逍遥？多少年来别苦，哀怨里，尽数鲛绡。年年盼，长空驭鹤，只影飘飘。　萧萧，又逢露冷，霜夜黯然凄，思虑难消。向玉皇祈祷，泪雨如潮。但愿高山流水，常慰我、终日心焦。真真怕、清明一来，不住嚎啕。

巫山一段云·饮酒思父

美味佳肴摆，如何与父说？深恩怎报不闲多，莫怪总啰唆。　　儿有茅台酒，今宵随梦托。时光隧道漫穿梭，请父醉颜酡。

声声慢·怀念父亲

踪迹杳杳，故事多多，常常梦影绰绰。总在伤心时候，念及教导。朝朝暮暮感慨，这世间，父亲真好！苦海里，百般难、定找父亲来保。　　大爱如山如岛，恩似海、今生有何堪报？淡酒三杯，岁岁供奉可否？黄昏梧桐夜雨，一滴滴、诉与父晓！唉唉唉，这万个思念怎了？

烛影摇红·春节怀父

岁月匆匆，又一年，想父亲、音容远。佳肴清酒一坛坛，长恨难相见。　　无计云开雾散，倚阑干、临风泪眼。望穿云水，野鹤孤飞，天涯幽暗。

人月圆·思父并序

由于家境贫寒，衣单被薄，冬夜难耐，患有哮喘病的父亲，不料在寒夜大雪中撒手人寰，正值耳顺，痛何以堪。憾当年服役部队，忠孝难以两全，每每念及，悔恨不已。

平生百厄纷纷恨，最恨乃寒风。一冬飘雪，人间夺命，我父其中。　六十刚满，行云正挺，甲子春同。又岂能料，良宵夜永，人去房空。

鹧鸪天·父亲节悼父

暮雨潇潇孤影寒，天边眺望目凄然。每逢佳节思凭吊，必对苍天感万言。　情烈烈，意绵绵。哀歌为父唱千年。愿亲常在青云里，看我年年化纸钱。

蝶恋花·冬日怀父

一到寒冬天地变，万物萧条，只有浮云漫。面对苍天无限怨，时常望断昆仑雁。　仰止高山亲梦幻，魔影幽魂，总在身前转。哀哭催人肠子断，人间何处驱愁散。

望海潮·父亲逝世三十周年祭

家乡春雨，年年愁对，清明更是婆娑。家父墓前，青青草地，儿孙几度蹉跎。一起唱哀歌。尽人事悲苦，情意难磨。只有春风，管收罗绮定风波。　　三十载去如何？若轮回转世，不必言说。从古到今，真真假假，谁能两界穿梭？何以正啰唆。万恨亲难孝，唯有吟哦。好酒坟前祭酒，言父莫喝多。

翠楼吟·闻母亲仙逝

电报哀音，鸽传恶讯，暴风撕破云雨。吟魂突玉碎，痛之楚来悲无路。哀伤何巨？早泪满双眸，哽咽难语。冲天怒，把妈还与，把妈还与！　　哭哭，苦苦哀求，请玉皇大帝，下凡相助！若还妈于吾，愿亲上、南天击鼓，承恩朝暮。为帝被衣衫，呈花端物。情驰骤，快还阿母，快还阿母！

鹧鸪天·忆母

别梦依稀几断肠，音容一线割阴阳。低吟浅唱遥思远，冷暖炎凉倍念娘。　　朝浸露，夜凄凉。一生苦难一身伤。无疆大爱倾儿女，度尽劫波寿亦光。

木兰花·思母

世间只有妈妈好，点点滴滴都是宝。炎凉冷暖在身边，苦雨和风全管了。　　朝朝暮暮微微笑，从小到大陪着闹。如今两界隔人天，未报深恩哀到老。

长亭怨慢·中秋节思母

问寰宇，情归何处？木落山空，只因秋雨。一寸横波，别番滋味，向谁语？语谁谁拒。心寞寞，凄凄虑。剪不断离愁，怎剪断、亲情丝许？　　日暮，倚层楼顾盼，烈马长嘶空宙。声声切切，且总是、冉云飞渡。渡则渡、却又如何？总难见、阿娘回府。这世界凄凉，难耐离愁千缕。

蝶恋花·念母

每念儿时妈作伴，牛马般心，全把亲儿惯。生怕寒冬棉絮烂，天天都在穿针线。　　可恨儿孙无忌惮，索了衣食，还要建家产。累得妈妈生百患，粉身碎骨倾情献。

行香子·春节怀母

遥望江东，离恨无穷。画堂春、永夜愁浓。水天清冷，两界相通。梦浮槎来，载妈至、又相逢。　　天天思念，岁岁情同。倚东风、泪眼朦胧。做儿一世，悔恨重重。每想娘亲，心中愧，眼儿红。

渔家傲·端午节怀母

悲莫悲兮因死别，痛莫痛之成永诀。夺我贤慈天意绝，端午节，心头顿锁千千结。　　淡酒千杯情万碟，伤心加上肝之裂。藉慰母灵思切切。谁都怯，深恩不报儿孙孽。

醉太平·闲暇有怀母亲

妈妈最亲，妈妈最真，妈妈待子如春，有妈妈最温。　　常怀感恩，亲情倍珍，深情厚意淳淳，想妈心永存。

木兰花令·怅忆母亲

一生命运多磨难，生不逢时遭战乱。凄风惨雨几十年，罹尽世间无数患。　　无依无靠常肠断，茹苦含辛勤作伴。饥寒交迫到白头，儿女养成魂魄散。

木兰花令·怅忆母亲

饬家接物多行善，淑胜有德时获赞。苦心孤诣感天神，受尽折磨无怨叹。　　至多极美乡传遍，覆载高风常在念。千难万险度残年，博爱贤慈成典范。

渔家傲·怅忆母亲

衣不蔽身食不足，房无片瓦屋无物。天作帐篷山为墅。西风舞、艰难备历何其苦。　　诞下儿童成活五，生机窘迫无人助。积劳成疾愁满路。天不负、顶梁儿女光宗族。

天仙子·怅忆母亲

吾母一生酸楚楚，鞠育子孙尝尽苦。生逢乱世恨悠悠，忧万缕，愁千古，苦断柔肠难以数。　　说与别人双泪簌，云破月来天不顾。刚刚儿女自沉浮，春未遇，秋开舞，短暂寿阳遭厉虎。

声声慢·清明祭母

呜呼吾母，痛苦哀哉，凄凄惨惨凄雨。千里归来凭悼，最难倾诉。茅台五粮美酒，怎唤妈、影身光顾。一辈子，怕伤心、又想往昔香絮。　　不剪离愁千缕，何剪得、绵绵苦情丝许。守墓青峰，日暮纵身远去。问明年，再拜墓府，盛赎物，又一个亲字怎与？

八声甘州·思母

问娘亲可否达西天？那里有桃园。玉皇娘娘道：积德行善，皆有仙缘。想尔一生一世，除了苦无甜。道法真如此，勇往直前。　　天上人间何别？不敢多分辨，一样流年。看星星闪烁，清角亦吹寒。盼妈妈、否极生泰。再无忧、一路遇仙缘。儿孙愿、魂升天界，永别尘寰。

八声甘州·母亲节怀母

望长空暮雨洒江天，一番洗人间。看潇潇山水，烟霏云敛，一律缠绵。芳草无情也罢，默默享悠闲。万壑千丘里，妈影浮前。　莫把亲情相种，一旦分离别，永远心牵！自古藤缠树，不见树缠缓。问春潮、年年青浪，又何曾、掩盖意茫然。中国梦，有无新术，将母归还？

酷相思·月夜思母

夜色茫茫亲梦绕。月光下、青青草。恨离别如今徒烦恼。思寂寂、空缥缈。风无计、随云杳。　老母慈祥无处找。最难忘、寒冬袄。看娘那金针缝到老。常夜战、时鸡晓。冬到夏，依难了。

渔家傲·思母

妈在世时无限好，穿衣吃饭天天保。烂漫天真无烦恼，逢人闹，欢声笑语常萦绕。　妈逝幸福如雀鸟，飞来飞去无枝靠。从此心情无处暴，人见笑，肌如黄蜡魂如掉。

离亭燕·思母

世上有何牵挂，此事向来多话。父母似天常在厦，正是儿孙造化。百业自欣荣，生活无分高下。　　时代不停潇洒，无奈母亲成画。玉食锦衣全摆那，尽日无一相把。冷暖想妈妈，死后方知无价。

声声慢·夏日黄昏忆母

妈妈在世，酷似轻风，衣衫仔仔细细。每遇艰难时候，也能将息。年年四季变幻，总见她、语洪声脆。可老了，却突然、脸色如冰憔悴。　　世上妈妈难矣！愁字写、千番万番堆积，一字饶她，亦算老天有理。黄昏碧天似洗，倚栏杆、骋望远际，问玉宇，亿万个亲字怎寄？

柳梢青·戊戌清明思母

蜡炬成灰，春蚕丝尽，乃我亲妈。身世浮萍，百无一靠，苦不堪嗟。　　一生落魄穷家，为儿女、身残眼瞎。费尽心机，鞠躬尽瘁，命似寒花！

蓦山溪·思母

一生荣耀，都是妈妈造。夏日有凉风，到严冬、欣然有袄。骄矜奢逸，总感觉周围，妈在保。妈再老，儿女天天好。　　如今妈去，儿也白发了。阅尽世间人，俱难比、妈妈精巧。每思妈杳，倍感血来潮，何处找？妈的好、子该如何报？

三字令·中秋夜北京香堂望月思父母

天淡淡，月团团，夜阑珊。乡梦断，想茫然。叹凭栏，思父母，怅流年。　　今晚在，翠华山，共婵娟。人未醉，亦无眠。隔长空，相对望，泪潺潺。

水龙吟·清明祭父母

摆肴供酒坟前，梨花春雨纷纷散。杏花暴雪，桃花零乱，几多凄怨？长跪难言，低头埋愿，泣声难断。尽儿臣孝道，岂能遗憾，千声唤，爹妈现！　　此去天涯遥远，望年年、百花璀璨。替儿敬献，替儿陪伴，替儿思念。心碎青山，一声声哭，一声声叹。盼身强体健，流光过隙，不缺儿探！

鹧鸪天·清明祭父母有伤

每到清明荒冢前，不抛眼泪也辛酸。深知早已升天去，依旧长言感万端。　　常忆苦，亦思甜。大恩不报似心残。老来病榻无人问，枉有成群儿女贤。

蝶恋花·中秋思父母

每到中秋思父母，热泪频飞，心事凭谁诉。遥望西天深远处，哀鸿寞寞凌云翥。　　感慨人生酸楚楚，过隙阴阳，只在朝和暮。吩咐秋天须慢步，且把爹娘魂牵住。

雨霖铃·腊月思念父母

寒风凄切，正长亭晚、暮霭天阔。凭栏怅惘无语，哀鸣动地，那堪余热。整日吟魂夜咏，竟难了情结。纵岁岁、肝胆酬亲，百载亲缘怎能绝？　　今宵又见弯勾月，向西天、慢入愁云歇。伤心只为离恨，君莫问、可曾凝噎。触景生情，应是、临风泪眼倾泄。冷落处、一往情深，会意无人彻。

虞美人·春节思父母

每次感叹爹娘在，总是年年拜。如今两界不相通，一到过年心里总空空。　家中没有双亲了，从此无依靠。一生事业再峥嵘，亦感回家无处放心情。

鹧鸪天·思不尽

春夜啼莺不住鸣，醒来魂梦已三更。披衣满院闲心散，感叹双亲没有声。　思不尽，念难停。今生今世爱何倾？爹娘寸草春晖尽，儿女何曾有点情？

虞美人·思念无期

天天都把爹娘唤，思念无期限。双亲一去夜凄凉，一到寒冬腊月且彷徨。　甘来苦尽爹娘杳，心绪全无好。虽逢盛世荡春风，却恨欢颜不似往时同。

寿楼春·思父母

天天思爹娘。更朝朝暮暮，思念成伤。未报亲恩劬劳，满怀愁肠。魂梦里，仿佛娘，又补裳，耕耘时光。数载对萤窗，青灯缱绻，终为子孙忙。　　人虽逝，亲情长。有无边大爱，还在心房。最是春晖深沐，永难消亡。心欲碎，遥寻芳。把泪抛、桃园云乡。请无数神仙，都来做法阴转阳。

八声甘州·月夜思父母

想恩深似海浩如天，报也报难完。是前生有欠，今生来报，世代相传？难道人间因果，都是怪圈圈。雁杳鱼沉夜，思绪无边。　　不见双亲身影，瑟瑟西风里，总让魂牵。老泪临风寄，缱绻对云言。念三年，望穿秋水，梦三千、不敢再凭栏。真真是，罔极含恨，徒有儿贤。

蝶恋花·月夜思父母

　　思念成愁生懊恼，满泛星辰，引我银河讨。祈盼银河星梦巧，爹娘再现蓬莱岛。　　撇下儿孙从此了，从此儿孙，难比他人好。期待人间春不老，阴阳两界同乌鸟。

【注】
　　乌鸟：即乌鸦，有反哺之情。初生，母哺六十日，长则反哺六十日。比喻奉养父母的孝心。

鹊桥仙·祭父母

　　羔羊跪乳，乌鸦反哺，独我不曾敬孝。家国尽职两难全，此恨事、终身难了。　　时光飞逝，如梭缥缈，但喜年年料峭。亲恩怀念几时休？欲待那、山川俱老。

水龙吟·春日思父母

怕清明又清明，清明怕落伤心泪。苍茫意绪，飘零花坠，都因雨溃。愁损柔肠，有情难寄，使人憔悴。恨春风春雨，年年来到，却无法，阴阳会。　　苦恼亲恩难孝，望高天、心生惭愧。坟前祭拜，天涯游子，无颜面对。寂寞山坡，遥思往日，肝肠青悔。怨他风不是，唤春回地，唤人无计。

苏幕遮·中元节祭父母

想爹妈，春到夏。仙乐飘飘，总为愁肠稼。情似洪流河决坝。天若无情，明月如何挂？　　化冥钱，烧纸画，有请亲恩，一定风云驾。美酒佳肴全摆下，浩荡皇恩，已放相思假。

三字令

天不怕，又如何？自消磨。人不怕，又如何？怅红尘，思父母，想多多。　　爹不在，日难驼，岁蹉跎。妈不在，更难拖。霭山坡，思忖久，念成疴。

苏幕遮·丁酉清明祭父母

怕清明，生百感。今又清明，莫道家书转。廉价机票如梦魇。一片春温，谁解其中暖？　到坟前，依旧是，跪拜烧钱，敬献佳肴馔。天地无情全不管，只有儿孙，默默无言挽！

锦堂春慢·月夜思父母

斗转中秋，冰轮似镜，怀思故土伤情。万里祥光，难改岁月阴晴。聚散纵观千古，荏苒圆缺无声。是后昆隧道，冷暖炎凉，不懈峥嵘。　始知亲情无价，问人间别恨，庶几嘤鸣？今夜星河如梦，百感飘零。寞寞操场慢步，蓦想起、烟雨平生。父母天天眷念，多少辛勤，都为儿荣。

高阳台·深秋月夜有怀父母

岁月穿梭，星移斗转，冰轮抟入深秋。满目凄然，荒烟衰草无由。院中落叶翩翩舞，更堪怜、蟋蟀唰啾。问苍天、何故人间，样样难留。　苏公水调歌头咏，可依然不解，世上情仇。圆缺阴晴，离合都付弯勾。今宵若梦双亲影，把甜言、蜜语相投。与爹娘、再续清吟，长叙闲愁。

卜算子·有怀父母

人是故乡亲，情是亲恩重。每到清明祭祖时，总在坟前贡。　　岁岁感伤悲，都是亲情种。但愿人生似水流，永远无悲痛。

寿楼春·深秋有怀父母

听秋风萧萧。又清光冷照，胡叶飘飘。满目凄凉烟景，引人心焦。谁管我、孤芳憔。运动场、沉吟诗醪。更有鹧鸪啼，寒蛩泣露，和那野猫嚎。　　归家后，情难消。想爹妈不在，长夜难熬。最是翻开集册，影音都寥。思往事、常撒娇。忆苦甜、峥嵘迢迢。叹今世悲欢、亲恩巨债无法销！

巫山一段云·有怀父母

春雨绵绵下，心情自在磨。清明时节泪滂沱，无语对山坡。　　离别平常事，谁知亲梦托。儿孙不孝罪千箩，此债永难脱。

满庭芳·清明无祭有怀父母

岁岁清明，年年雨露，天天祭祀心悬。倚栏遥望，寂寂臂生寒。此意无人可会，骋目想、往事翩翩。今夕月，横穿雾角，疑是故乡船。　　怜怜。千万念、山长水远，各自魂安。愿持酒迎亲，一醉长天。莫道深恩不报，心中有、也算儿贤。肝肠断、不如常念，夜夜问温寒。

雨霖铃·春日黄昏思父母

雷惊天地。破春江冷，老树青翠。何当梦里阡陌，风铃绝响，波澜突起。细柳千条乱舞，更摇摆如醉。举目望、天外黄昏，暮霭沉沉尽情意。　　从来骨肉伤离世，倩春风、汇向亲人泣。今宵酒醒何处？杨柳岸，任抛清泪。九鼎之言，承诺、三生好酒都贿。唤父母、藕断丝连，惨惨凄声厉。

蝶恋花·有怀父母

三月春风吹又劲，池水扬波，不让吟魂定。一世飘零难入胜，黄昏易起相思病。　　愈是春风愁更盛，岁岁清明，都向家坟敬。父母深恩时报应，儿孙莫被天之命。

虞美人·春日酒后思母

多情自古伤离别，心事无人解。亲恩似藕爱如丝，魂在九霄云外仍托词。　　一生触我心中恼，唯有情难了。每逢豪饮必呼云，赶快将星将月为娘屯。

水调歌头·戊戌清明夜思父母

忆父心常痛，念母更心酸。伤心欲哭无泪，只有梦魂牵。两界天遥地远，偏是人间难返，无法跪尊前。寄语杏花雨，替我泪潸潸。　　梨花酒，今日祭，洒春山。天涯游子，年年不忘化冥钱。敬孝无分前后，思念何来时限，风雨亦缠绵。焉得命长久，岁岁共亲欢。

洞仙歌·思念双亲

世情冷暖，自人面高低。家有双亲众人济。想从来，父母多少心思，都放在、儿女生生世世。　　但惜恩未报，乍起狂风，强迫爹妈命丧矣。苦忆又如何？淡月疏星，只管自、流光闪避。象斑鸠跌弹靠无方，任似水流年，夷犹无已。

鹊桥仙·思念父母

自然规律，谁能抗拒？草木何尝不是。悲欢
人类又如何？每思及、心潮难抑。　　几多活着，
如同死去，只有深恩留世。金风玉露若分离，可
曾想、何其滋味？

水调歌头·此生难报乃双亲

过去未曾想，凡事有原因。枉活人世多年，
不懂报深恩。在外逢场都到，拍马溜须未少，就
是忘儿身。好酒不思父，美味未思亲。　　背不
动，一生债，是忠魂。如今觉悟，仿佛雷电震头
昏。敬孝从来不等，父母何曾有待，养老靠儿孙。
蜡炬方燃尽，转眼又赔春。

字里行间痛断肠

——《缅怀至亲》简评

宋彩霞

　　亲情，血浓于水的骨肉之情，是人的生命中最宝贵的东西。亲情诗词，自然主一个"情"字。白居易说："感人心者，莫先乎情"。最能感动人心的就是真情。袁枚说："且夫诗者由情生者也，有必不可解之情，而后有必不可朽之诗。"

　　诗人，都是极富有人性感情的，无论他是豪放派还是婉约派，都具有丰富的人性之美，儿女亲情是这种人性的体现。亲情诗大都浅显易懂，但是浅显凝练的文字只要注入了诗人的丰富情感，就会感动千千万万的人。

　　徐新国在这本集子里的缅怀纪念一章，竟有悼念父亲、母亲词60首。我至今没有看到哪一位诗人能够写给自己的父母亲60首悼念诗词。从除夕到清明，从中秋到风霜雨雪天，每每都有。

　　如：

　　　　怕清明又清明，清明怕落伤心泪。苍茫意绪，飘零花坠，都因雨溃。愁损柔肠，有情难寄，使人憔悴。恨春风春雨，年年来到，却无法，阴阳会。　　苦恼亲恩难孝，望高天、心生惭愧。坟前祭拜，天涯游子，无颜面对。寂寞山坡，遥思往日，肝肠青悔。怨他风不是，唤春回地，唤人无计。

（《水龙吟·春日思父母》）开头"怕清明又清明，清明怕落伤心泪。"句，信手拈来。每一个音节的连接都有冷涩凝绝之感，犹如声声咽泣，压抑沉重的气氛就在这"幽咽泉流"中弥散开来，让人艰于呼吸，又难以逃避。结尾"寂寞山坡，遥思往日，肝肠青悔。怨他风不是，唤春回地，唤人无计。"我读到此，觉得一定有个痛心的故事。果然不出所料。请看《人月圆·思父并序》，前有小序云：由于家境贫寒，衣单被薄，冬夜难耐，患有哮喘病的父亲，不料在寒夜大雪中撒手人寰，正值耳顺，痛何以堪。憾当年服役部队，忠孝难以两全，每每念及，悔恨不已。

　　　平生百厄纷纷恨，最恨乃寒风。一冬飘雪，人间夺命，我父其中。　　六十刚满，行云正挺，甲子春同。又岂能料，良宵夜永，人去房空。

一个字：痛。四个字：痛断肝肠。
五个字："最恨乃寒风。"

他在《巫山一段云·有怀父母》中云：

　　　春雨绵绵下，心情自在磨。清明时节泪滂沱，无语对山坡。　　离别平常事，谁知亲梦托。儿孙不孝罪千箩，此债永难脱。

其《鹊桥仙·祭父母》中云：

羔羊跪乳，乌鸦反哺，独我不曾敬孝。家国尽职两难全，此恨事、终身难了。　时光飞逝，如梭缥缈，但喜年年料峭。亲恩怀念几时休？欲待那、山川俱老。

"儿孙不孝罪千箩，此债永难脱。""家国尽职两难全，此恨事、终身难了。"负疚还是负疚，遗恨千古啊！其《苏幕遮·中元节祭父母》中云：

想爹妈，春到夏。仙乐飘飘，总为愁肠稼。情似洪流河决坝。天若无情，明月如何挂？　化冥钱，烧纸画，有请亲恩，一定风云驾。美酒佳肴全摆下，浩荡皇恩，已放相思假。

句句带血啊！
以下句子更是字字血，声声泪：

萧萧，又逢露冷，霜夜黯然凄，思虑难消。向玉皇祈祷，泪雨如潮。　但愿高山流水，常慰我、终日心焦。真真怕、清明一来，不住嚎啕。

（《凤凰台上忆吹箫·寒夜思父》）"哀嚎催人肠子断，人间何处驱愁散。"（《蝶恋花·冬日怀父》

电报哀音，鸽传恶讯，暴风撕破云雨。吟魂突玉碎，痛之楚来悲无路。哀伤何巨？早泪满双眸，哽咽难语。冲天怒，把妈还与，把妈还与！　　哭哭，苦苦哀求，请玉皇大帝，下凡相助！若还妈于吾，愿亲上、南天击鼓，承恩朝暮。为帝被衣衫，呈花端物。情驰骤，快还阿母，快还阿母！

（《翠楼吟·闻母亲仙逝》）母亲是伟大无私的，母爱是人类最美好的感情，母爱，无时无刻不在沐浴着儿女们。由于作者在部队里报效国家，接到母亲去世的消息，写下了这首翠楼吟。上片尾句"把妈还与，把妈还与！"与下片尾句"快还阿母，快还阿母！"遥相呼应，千呼万唤，千呼万唤啊。一种死者不能返，存者何以生？一种毕生之痛，虽死不忘，何待思量；一种深哀托诸魂梦，数曲悲歌，博尽眼泪！痛断人肠！全诗质朴无华，没有一点矫饰，却能引起读者的共鸣和回味。

徐新国同志用了60首词都舍弃不下的，是那种对父母的亲情、负疚、负罪之情。凝结着化不去的思念。面对这样的追思，解读都似乎是一种伤害，那是需要在生命里反复吟唱，静夜中不断怀思的乐音。这一组缅怀词可算是质朴无华的一组，语言未多加修饰，也不用典，但由于感情真挚、浓烈，十分动人。从这组词中，我们可以强烈地感受到，新国同志是一位感情丰富、有血有肉的真诗人。

一个真正懂得珍爱亲情的人，是最幸福、最充实、最高尚的人。亲情是最直接、最现实的人生体验，一个人可以与亲人相距天涯海角，但永远走不出亲人的心里。亲情，不因时间和地域的久远而淡漠；亲情，是夏夜里一缕轻风温柔而惬意，是雨天的一把保护伞，安全而放心；是心情的避风港、是心灵的依赖和寄托。一个有情人不一定能成为一个伟大的、纯粹的人。但是，一个伟大的、纯粹的人，一定是个有情人。徐新国是也。

2018 年 9 月 2 日于京华

【注】
作者系中华诗词学会常务理事，《中华诗词》杂志副主编。

佳木斯市书协主席　何昌贵　书作者诗词

著名书画家 龙黔石 题贺

南北吟踪

天仙子·夜观太白山天象

夜半幽思天上望，贯注凝神情放浪。珠玑一把撒银河，晶晶亮，晶晶亮，梦幻高天奇万状。　　游目骋怀心淡荡，诗意飞来添锦上。风雷耳际动诸天，铿铿响，铿铿响，语盛言豪灵气旺。

声声慢·太白山传奇

昆仑余脉，一任斯张，调头渭滨成岱。端入青霄，时有烟霞霓霭。松涛撼山缕缕，绿油油，翠华如黛。峻极也，太白山，独有海山胜概。　　望尽天涯险隘，好一个、天然氧吧自在！万壑千山，独有圣姿神态。钟灵吐瑞于此，逸金星、引人朝拜！这了得，胜瑶台、匡世异彩！

鹧鸪天·望拔仙台感赋

高路入云不沾尘，茫茫石海望迷津。薄稀空气阻耆耆，南北峰分负此循。　　乡亲曰，导游云：圆天方地亦通神。无非羁旅红尘客，何必寻思做主人！

永遇乐·陪周笃文师游太白山记

剑劈神峰，圆天方地，太白奇景。南北峰分，冰缘地貌，万象缤纷影。烟飞泉涌，松翻涛滚，时有霓光霞映。花成海，红尘隔断，别出世外仙境。　高骞逸远，仙姬出浴，秀水欢歌名胜！澎湃心潮，依稀如梦，此际三生幸。周公吐哺，叨陪鲤对，清响怆然酩酊！觅佳句，冥思苦想，更深夜静！

【注】
原载《中华诗词》杂志2016年。

望海潮·游太白山

西南形胜，昆仑发脉，宛如虎跃龙翔。叠巘绝伦，风帘妙幕，千般异色奇光。云雾锁混茫。纵横青纱帐，飘渺无疆。大块雄浑，九流八瀑势堂堂。　哦吟万象吉祥。会三山五岭，俯仰穹苍。游目驰怀，徜徉乐境，庶挥彩笔开张。物我两轩昂。百感生天际，灵气昭彰。但得清风万缕，催古道愁肠。

齐天乐·过铁壁铜墙景

三千里外攀秦岭，轻车路过一景。美若铜墙，宛如铁壁，酷似墨泼画境。芸芸入胜，似鬼劈石崖，神工妙整。峻峭铿锵，远观近视俱英挺。　何方魑魅灵性，揭重峦造化，使人憧憬！翠羽摇岚，森严壁垒，溪涧迷离光影。林禽寂静，独溪水潺潺，耳边清磬。诗圣词仙，任临流唱咏！

绮罗香·拜仙台观夕霞晚照并序

庚寅佳日，陪笃文词老及夫人张静师母于太白山拜仙台观日落，余与导游胡莹、马阳，学士杨晓博、赵向弟、周世悦诸贤相陪，此际夕霞汗漫，苍烟落照，群山横叠，清风四溢，情景交融，至星明不肯归舍，实难得一幕，遂琢词以记之。

落日熔金，彤云合幕，公坐仙台石上。绿女青男，相伴耆翁眺望。窥远景，光彩熙柔，影绰绰，神怡心旷。向清凉世界倾心，载情不去载惆怅！　天风吹奏乐响，一任崦嵫汗漫，氤氲消涨！屏气凝神，静待落霞飞放。峭崖边，谈笑鸿儒，共青老，咏哦高唱。竟轰然陶醉星明，不思归宿帐！

八声甘州·登太白山未达绝顶拔仙台志感

欲振衣巉崿造千峰，绝巇路难行。望三千八百，鐟鉉其阪，抑郁双睛。气压嵲嶂逼澌，鸟瞰亦心惊。岂为人间峭，险胜仙瀛！　想我风云多涉，任千峰横绝，难阻征程。体壮身如箭，敢向九天横。越前年，无人堪敌！看今朝，无意话强撑。依然是，似风快步，策马争鸣！

【注】
原载《中华诗词》杂志 2014 年。

巫山一段云·上板寺观景

青嶂迷双眼，晨空爽气淑。日出山顶破天陬，看似慢悠悠。　行客多期待，相机自在收。拍它奇景到心头，回去饰龙楼。

鹧鸪天·上板寺即景

山路岩峣攀缓难，又逢缺氧似登天。四千米外台阶上，已是吁吁喘气湍。　空气少，又风寒。不由旅客不蹒跚。明知秃顶登无益，偏又急奔向岭巅。

贺新郎·太白山上板寺观日出

夙兴同观乐，岭头揭、阴阳正负，暗光曦若。静待东方浮大白，看那红晕喷薄。光闪闪，相机无泊。底事人间多雅趣，看朝阳也向云山辍！人静静，风朔朔。　　一轮红日轰然灼，慢腾腾，地天昏晓，顿时卓荦！紫气割开黑白界，唤起晴光烁烁。涨绿野，松林阔绰。大块文章酬高士，放高咏自有生花作。清静地，莫落寞！

念奴娇·上板寺观七女峰感怀

仙人慷慨，动眉笔扮靓，蓝山华盖。天上白云千万里，天下春荣精彩。七女嵯峨，亭亭玉立，旷世神仙派。天开宝境，让人无法忍耐。　　浓想头角峥嵘，欢呼雀跃，散虑红尘外！往返人间留恋处，享受自然神态。抖擞吟旌，清新肺腑，吟咏何豪快。逍遥山水，诗心格外澎湃！

鹧鸪天·观太白山红松林有感

曾赞巫山一段云，今夸太白野松屯。重峦叠翠倾山绿，浓淡轻烟胜锦魂。　　群贤至，吐经纶。几多感慨怅红尘！明知作客情难寄，偏有风涛助笔春。

满庭芳·望太白飞瀑即兴

晓色云开，飞烟泻玉，峭壁喷溅银鳞。骇涛惊目，无所不怡人。纵览银虬矫矫，凌空下、瀑似流云！溪边伫，静观瀑泻，物我两氤氲。　嶙峋。匆此过，翩跹丽影，拍照频频！看谁敢留情，与瀑缤纷。屡屡相携俯仰，人人喜，美景销魂。开怀乐，灿然笑脸、个个俱精神！

【注】
原载《中华诗词》杂志 2015 年。

满江红·高山灌丛草甸即兴

拔地凌云，经千级，望而生畏。登绝顶，仰天俯翠，浩然清气。南北中原分界岭，圆天方地浑无际。叹文明，到处是蛮荒，冰川遗！　逢佳日，阳光丽。群峦静，游人谧！此一时览胜，壮怀难已。低压灌丛杜鹃惬，高昂草甸红松旎。发高吟，肆意豁心胸，精神奕！

鹧鸪天·游周公庙有感

千百年啊周圣公，至今未见与公同。文能治理生前事，武可经营千载功。　　非虎踞，亦非龙。却如龙虎逞英雄。纵观富丽周公庙，大有金光照世隆。

八声甘州·宝鸡市即兴

喜茫茫数百里秦川，一径接穹庐。更阳光普照，神清气爽，雍水徐徐。兼有长垅横亘，浪漫世间无！纵览迢无际，遥绿轻舒！　　美丽富饶土地，正人康畜旺，千古纮居！凤凰岐山叫，宛转意如如。古公亶，肇基创业！布隆恩，浩荡万山呼。如今是，政通仁义，齐宇洪福！

风入松·宝鸡凤凰山

凤凰山麓绝清嘉，秦岭一枝花。好风自是天然派，望秀山，云卷云阿。流转几番兴盛，至今仍为周家。　　周公德润水横斜，来个大氧吧。唐槐元柏擎天出，度劫波，烂灿如霞！真道传奇千古，更堪诗赞文夸。

疏影·周公庙

岐山胜地，有圣公在此，鸾凤常丽。道润慈泉，德释幽光，飘风暗自元溢。飞檐碧瓦新修葺，五色土、踪迹无避。众刻碑、历久弥新，窥镜月华如洗。　　掩苒青鲜草色，野藤阶上绿，兰蕙其致。曲径回环，莫若欣然，多为闲人周济。先朝古树今朝郁，于此院、盛情生矣！柏复葱、蔽芾甘棠，遗爱巨椤荫翳。

望海潮·访张家界

五陵形胜，张家风采，地心百变奇雄。石笋钻天，金鞭剑指，嵯峨匪巚汹汹。朝暮御飞鸿。似云塔交错，雾隐芙蓉。山倚云霞，树披罗绮，幻无穷。　　谁来不赞奇峰？把宏词吐尽，难以由衷。奔上竦阶，青岚放眼，依次饱览葱茏。驻足画图中。万象觅憧憧，快意昭融。卓笔麟身鹿角，灵气化霓虹。

天仙子·金鞭溪

拔地奇峰千栋耸，插入青冥天帝悚。滋兰蕙树挟清流。观碧蓊，眺玉洞，雾爪云鳞霓与共。　　万里奔来圆俗梦，陵谷追光随大众。壑间散尽数年愁。浩歌咏，空山动，我与山魂齐放纵。

念奴娇·登点将台有感

亦非天将，入仙境、其貌洋洋千载。划地阴阳，格外显、天地鸿蒙气概。绝巘摩空，嵯岈裂壑，隐耸黄石寨。神工魃斧，劈出嶙势峋态。　　俯瞰奇景霓光，一峡风浩荡，心潮澎湃。幻影憧憧，如梦魇、犹似狮猴灵怪。驻足悬崖，飘飘和缈缈，雾云都在。点兵清将，此时何等豪迈。

最高楼·笔架山

嵖岈势，万象竞纷呈。怪状世人惊。何方神圣酩酊醉？倒倾椽笔向天横。绘烟岚，描异境，画绫屏。　　千仞挺，是仙琢蕙树。万丈崖，恍神工绝壁。今作客，寄闲情。经纶出自平戎手，浩歌一曲赠仙听。发轻狂，颠倒饮，御风行。

御街行·宝峰湖

天开宝境真奇绝，壑涧水，琉璃液。群峰托举太平湖，云淡银河澄澈。寒潭捉影，丽山擒月，精怪纷纷列。　　醍醐灌顶清泉冽，畅我臆，心潮热。凉飙回壑发高吟，管领笙琶琴瑟。兰舟嬉戏，粼波荡漾，诸怪纷纷灭。

水调歌头·黄石寨

矗立黄石寨，俯瞰武陵源。獠牙青影明灭，百兽圈其间。拔地琅岈千仞，巨斧浑沌凿破，元气涌苍峦。薄雾轻纱袅，无酒醉斑斓。　　花争色，松争翠，草争妍。摩天长剑，削出异样壮大千。野域形形色色，险坂狂狂怪怪，不驯是天然。游客纷纷至，微雨润心田。

踏莎行·仙女献花峰

仪态雍容，端庄秀丽，清凉天地亭亭立。千年怀抱野花蓝，痴情久待谁家弟？　　寒暑峥嵘，红尘漫历，光阴似箭匆匆匿。凡夫早已眼迷离，春华何限神峰系！

【注】
原载《中华诗词》杂志 2016 年。

木兰花慢·黄石寨感怀

是何人巨斧，劈千仞、戮云天。是魍魉胡斫，妖刀乱砍，莫测奇端？浑然，似乎醉汉，尽癫狂倒立矗烟峦。簸荡陆离鬼怪，浣纱密布山间。　观瞻，巨丽清妍。猜不透，这谜团。又雨霁虹消，风生野壑，几现华严。峰巅，一番阅览，更难言尽那莽苍峦。期待神仙把酒，景观尽入杯盘。

鹧鸪天·游黄石寨即兴

迎眼高峰气势雄，风掀绿浪万千重。山如翡翠堆成岭，石似深蓝各不同。　游客至，必留踪。仿佛身处梦魂中。此生能上黄石寨，必享洪福到寿终。

疏影·笔架山抒怀

烟岚矗立，望连绵锦嶂，风雨雄烈。耸岭摩空，飞鸟翩然，悬崖异象拙劣。张牙舞爪呲天阙，幻影里，观之特别。看此山，似剑削出，百变匀匀都绝。　乍到龙峦凤野，荡胸际浩气，其乐千叠。撼动骚魂，惹怒文心，一任天风吹彻。登临何以情迷折，借椽笔，饱蘸浓血。舞臂膀，一世豪情，管教三生愉悦。

虞美人·游黄龙洞浮想

黄龙洞里观光后，怀想三层厚。当年海底为龙家，难道如今龙已变虹霞？ 深深探测纷纷想，到底如何讲？越观心里越发毛，生怕龙回老洞把人瞧。

摸鱼儿·黄龙洞记游

探黄龙、洞中奇趣，鼋鼍精怪纷矗。人神禅化迷离景，奇绝妙生仙府。无雨露。却寂寂、长年累月泉流瀑。或明或晦，不可得真知。人间地狱，一任导游读。 崎岖路，追着霓光漫步。眼花缭乱之处，遗痕遍地铺尘土，依旧砚田千古，飞燕舞。探测去、芸芸尽是朝天柱。恍然大悟。想定海神针，原来于此，永世把国护。

千秋岁·游大觉寺并序

丙戌三月三日，词林诸老张絖、刘征、周笃文、杨金亭、郑伯农、张结等公，国家发改委主任马凯公，书界领军赵长青、周志高、吴震启等君以及新闻界名流雅聚西山大觉寺，研讨沈鹏公诗词事也。此地有残碑古塔，蓊郁林木。梵宇千年，依旧荒烟衰草，阡陌惆怅。时值早春，玉兰初放，嫩柳摇金，艳杏烧林。少长咸集，可谓雅禊高吟，椽笔如磋，驰英不让兰亭。鄙人有幸夹杂盛会，午后神游，喜伴耆英高侣，濯清流以抒啸，抚古塔而盘桓，同参地契天心。激情四射，诗兴喷发，遂琢小词，以志胜游。

仲春三月，一夜花吹裂。玉蕊彻，飞香雪。诗翁情切切，雅聚西山悦。大觉寺，千年古刹一时热。　　古塔纷纷列，管领荒烟歇。槐树古，松枝绝，圣贤词老阅。正是清明节。人散后，一山艳杏春浓洌。

水龙吟·秋游京郊大杨山即兴

大杨山上悠游，斑驳异彩弥天地。深红浅绿，蕉黄茜紫，迷离似绮。湛湛秋光，微微凉意，氤氲瑞气。伴耆英高侣，登高望远，吟兴浩，千般意。　　迤逦层林寻觅，有菊香，漫山四溢。缤纷落叶，轻飘慢舞，翩然翻翼。仰卧磐石，白云共醉，魄飞魂逸。对混茫野趣，闲情淡荡，诗潮横溢。

巫山一段云·秋游京郊大杨山释怀

难得闲暇里，京郊野外游。大杨山下看青幽，真是醉双眸。　　气爽秋云淡，缤纷落叶悠。西风抖起许多愁，全部放山头。

疏影·深秋再度游大杨山感怀

寒霜宿露，令野花受辱，青草欺侮。俯仰高山，红浅黄深，荒芜折皱如许。西风漠漠山山舞，寂静里，无人多语。再度来，不比前年，只有淡云翻覆。　　骀荡秋思种种，拟愁绪散尽，辞旧消古。几度春秋，雨恨云仇，此地芸芸抛去。匝匝密密蛮荒地，最痛快，泄垃圾处。更喜来，无费分文，默默怨声全与。

巫山一段云·秋游京郊大杨山释怀

胜日京郊外，橙红黄绿间。眼前一律色斑斓，万里丽江天。　　人有三分力，须攀岭上端。看风摇落叶飞翻，真个不思还。

望海潮·秋游京郊大杨山即兴其二并序

某年某月某日，邀周笃文师游大杨山，清晨至午，漫天黄沙，昏天黑地。行至立汤路时，狂风乍起，似有"雾满龙岗"之势，周师叹曰："天不作美，不去也罢！"余欣然答曰："不惧。以周老造化，一会儿必然开天。"午时至大杨山下，忽然天开异境，云开雾散，风平浪静，且一阵太阳雨淋来，实不可思议也，在京数十载未遇此等景象也，遂琢小词以记之。

特邀鸿硕，同观郊外、大杨山色秋光。羁旅道中，狂风乍起，眼前一片昏黄。满座俱惊慌。我言自无碍，稍候开光！谈笑之间，已至山下、小村庄。　　瓦篷酒肉飘香。拟稍稍驻足、先饱饥肠。兴致依从，心神未定，忽然法雨纷扬，应验没商量！是何方神圣、助我轻狂？定是周公恩泽，金露沛山乡。

扬州慢·游神农架

八卦灵光，阴阳调协，云烟缭绕青峰。对苍茫山岳，感慨叹无穷。恍那载、斯神缚锸，梯山架壑，绝境攸通。紫藤遮，凉草白烟，云路千重。　　徐行吟赏，蓦然惊、满眼葱茏。便彩画千张，虹霞万叠，不尽形容。为问天开胜境，乾坤主、谁似神农？望浩茫秋色，心潮涌上苍穹。

虞美人·井冈山

当年龙虎一声吼，气焰冲牛斗。会师成就一摇篮，赢得旌旗十万、挽狂澜。　如今圣地埋忠骨，往事成尘土。我今来此豁心胸，也效先贤昂首、啸苍穹。

【注】
原载《中华诗词》杂志2014年。

一剪梅·井冈山

革命摇篮气若虹，千里云踪，万里征鸿。粉身喋血映山红。一代豪雄，代代相从。　叠嶂西驰井上峰，山色葱茏，烟水朦胧。我来游览遇晴空。遥忆重重，遐想浓浓。

水调歌头·黄洋界怀古

站在黄洋界，放眼万重山。龙山奔涌如浪，王气霭云天。无际崭然秀峙，缭乱朦胧双眼，假我以奇观。凝仁葱茏里，心意想当年。　风雷震，旌旗奋，炮声喧。貔貅宵遁，天子伟业出摇篮。弹指鹿归谁手？一把燎原星火，启牖太平年。高奏进行曲，崛起猛加鞭。

八声甘州·登黄鹤楼

望吴山楚水气堂堂，黄鹤正翱翔。更大江映衬，龟横蛇卧，翻古新光。商贾钟鸣盛世，百业破天荒。科教兴国策，翊我家邦！　千里仁山智水，自古人文地，德潜幽光！伯牙酬知己，屈子瘁心房。看崔公，唐诗之首。太白句，万代美名扬。经纶手，胸中锦绣，今又开张！

八声甘州·登黄鹤楼远望

望长江日夜向东流，欲竞海潮头。再青云放眼，空中阵雁，地上飞鸥。缥缈烟波千里，隐隐现清幽。古塔今犹在，万载春秋！　黄鹤虽然不返，一派和平象，壮志遂酬！续写辉煌业，焕彩有宏猷。几徘徊、风雷遐想。倚栏杆，思绪纵难收。登临意，赋吟豪快，畅我神州！

一剪梅·游湘江大堤遇雨

岳麓青青草木香，书院琳琅，照彻文光。芳菲堤岸雨微凉，极目苍茫，雅意回肠。　无尽滔滔滚向洋，天际风扬，驰荡生狂。非非想入水云乡，情洒潇湘，诗溢湘江。

鹧鸪天·黄果树瀑布

　　一泻天河万浪花，半空雨雾焕虹霞。凉飚回壑何其壮？咆哮奔腾向海涯。　　猴探穴，鬼寻崖。飞流百丈浣轻纱。竹林淑气开襟抱，好个天然大氧吧。

鹧鸪天·游黄果树瀑布感怀

　　千里飞来探巨峡，银河倒泻竞豪奢。游人缓步频留影，清想迢迢到脸颊。　　山焕彩，水呈纱。大河两岸绝清嘉。落拓倦客休怀感，一怒心花便是爷。

沁园春·贵州兴仁县

　　锦绣兴仁，水碧山青，蔚为壮观。想荣华自古，资源富裕；迷人景色，地绿天蓝。马乃兵营，西南竹海，放马坪川俱可瞻。光明顶、正卿云罨画，时运非凡。　　向来灵气磐磐，看纯朴民风数百年。几曾经寥落，盛衰交替；新陈代谢，不畏艰难。风雨飘摇，劫波千度，万众齐心破大关。如今是，爆灵光八卦，虎跃龙蟠。

法曲献仙音·游黄果树瀑布

大壑危崖，瀑飞烟渺，挂壁长纱彪炳。竭尽清流，浪滔极至，陶然一任随兴。看贵客淹留处，魂牵梦驰骋。　　复奚为。仰观山、似临仙境。次俯水、溪涧一潭虹影。最是浪淘沙，荡人心、难以心静。纵去来兮，吁歔哉、不胜胜景。怕平生无再，久此徘徊憧憬。

御街行·贵州兴仁县

如虹气概兴仁县，制法典、年年变。乘风排浪一瞬间，龙虎腾飞之范。青山屯宝，丽川积典，来客频频赞。　　天天酒染芙蓉面。醉里唤、时光转。蓬莱仙境枕头云，无尽荣华牵念。无间寒暑，一声声愿，帘卷奇葩现。

祝英台近·游贵州兴仁县感怀

望兴仁，风景妙，激滟日光照。仙境田园，垅上凤凰叫。耕天耕地殷勤，耕春耕夏，更耕得、一生欢笑。　　我寻窍，专门游那葱茏，心无旁骛跑。辗转山坳，开怀意难了。来时尚带春愁，如今春老，却管我、一生都好。

汉宫春·贵州万峰林

　　万里奔来，看万峰林立，多彩黔西。晴光艳照，碧空朵朵云熙。轻风朗爽，惹童心、一路嬉嬉。田野里、葱茏翻浪，畅君一日心扉。　　放眼峰林叠嶂，更嶙峋耸翠，袅袅虹霓。田园向南向北，纵贯东西。峥嵘百变，胜仙乡、诱我神凝。看绝美、文人骚客，搜罗不尽之奇。

洞仙歌·游万峰林

　　万峰横纵，自是清凉地。山色葱茏暗香溢。碧粼粼、秀甲田野风光，庄园里，酷似江南旖旎。　　走连绵胜概，绿水丹霞，到处祥和画图里。彩绘又如何？不过三分，堪能比、天然乡僻。若浩荡春风四时来，再付与林间，脂粉都腻。

木兰花·游白洋淀

　　白洋淀里风光好，阆苑奇葩迎客照。微云天际荡愁肠，扫尽阴霾今日妙。　　芦苇荡里鱼鸭闹，举目向天轻一笑。有诗无酒对高阳，歇语三千由我爆。

蓦山溪·游白洋淀

奇葩阆苑，锦绣白洋淀。列岸柳阴垂，更兼有、荷花烂灿。芦苇莽荡，汽艇任穿梭，云淡淡，水清清，映衬芙蓉面。　　我今逸兴，索句声声赞。览胜正当时，更欣悦、云浮霞现。景从人境，都在画中游，情未了，意深长，吟入新诗卷。

小重山·恒山感慨

北岳恒山山最穷。既无芳草绿、也无丛。悬崖峭壁数千重。花稀少、到处是枯松。　　游览亦匆匆。诚心参道观、惹愁浓。欲将心事寄山中。人寂寂，漠漠望长空。

鹧鸪天·恒山敲钟

北岳恒山撞古钟，洪声击散雾千重。一时拼却英雄气，欲唤长天变碧空。　　情烈烈，与君同。敲钟无语画图宏。游人不解敲钟意，只管昂头望巨钟。

千秋岁·春游扬州

满城风絮，娥柳黄金缕。蝶满圃，人无数。烟花三月慕，寻觅春浓处。沿古渡，碧云带将闲情舞。　　再把清愁许，大运河边步。兴废事，皆尘土。想江南怨曲，声断扬州路。归后语，伤心俱为隋朝赋。

行香子·游扬州瘦西湖

小巧玲珑，受用无穷。瘦非瘦、锦绣葱茏。客来客往，来去从容。看湖中波、松间影、晚霞红。　　弯弯曲曲，御路重重。记当年、天子行踪。浮槎犹在，故事随风。我思千载，景常在，物难同。

钗头凤·冬夜游扬州瘦西湖

湖山瘦，湖冰厚，岸边老树干枝透。晴光旎，微凉气。月明如练，丽天如水。美！美！美！　　梅花凑，烟波佑，最宜相约黄昏后。良朋会，灯光魅。今宵难忘，与君陶醉。魅！魅！魅！

沁园春

2014 年元月 10 日与《太阳诗报》诗友赴梁山聚会小记

千里驰驱，夺路飞奔，迤逦而来。已星光灿烂，霓虹闪烁；凤箫掀袂，歌舞楼台。满座诗朋，玉壶频转，变换新词显酒才。睽睽下，看一人一碗，列序轮排！　　向来情意难揾。到了这、英雄好汉斋。必纵情酒肉，光盘行动。大杯高举，放浪形骸。盛意醇醇，拳拳话语，怎叫哥们不骋怀？宴散后，任浓情蜜意，各自徘徊。

巫山一段云·梁山怀古

一上梁山上，仿佛好汉还。虽然往事越千年，仍觉在身边。　　一百单八将，如今早已寒。当时不把宋江宣，境况又一番。

满江红·登梁山感怀

有幸登临，葱茏处、芸芸送日。寒光里，楼林高耸，翠峰如簇。壮烈英豪书万古，慨慷声望文常赋。念往昔，无际水洋洋，今难续。　　祈天地，多法雨；云常转，风常骤。请神公挝响，震天雷鼓。策应乾坤旋斡露，挽澜海啸重抖擞。再从头，装点绿梁山，龙蛇舞。

一剪梅·梁山

千载英雄万古传，情不一般，义不一般。寒光入眼漫回看，好汉梁山，壮烈梁山。　　沧海曾经绿似蓝，山也斑斓，城也斑斓。如今境里数神仙，不见云帆，胜见云帆。

【注】
原载《中华诗词》杂志 2014 年。

满庭芳·游孔庙

万仞宫墙，金声玉振，太和元气轩昂。德侔天地，冠道古今长。弘道松筠永翠，金碑立，满目琳琅！大成殿，斯文于此，圣像极端庄！　　烧香，频俯仰，宏开慈宇，梦幻高堂！携览胜同仁，阅尽其详。过客瞻前顾后，寒光里，历数沧桑。祈夫子，流芳万世，宇宙尽流芳。

碧桃春·游孔庙感怀

庙堂香火几通神，悠悠孔圣人。至今难越是何因？千秋仁义君。　　凭教导，受国尊，从来不用呻。无穷智慧破迷津，乾坤自有春。

绮罗香·游孔庙拜孔子

　　至圣高堂，先贤孔子，古往今来传诵。一代宗师，超越世间尊重。大成者，礼乐春秋，广传者，鹰鹏龙凤。德侔天地道弘开，一篇论语万年用。　　檀香千载上贡，师表斯文天下，无穷香众。亘古奇人，岳岳泰山高耸。一叩首，收我新徒。再叩首，请播文种。让鸿文烈武中华，爱如潮水涌。

碧桃春·游奥林匹克公园

　　天天溜达到公园，心情如蜜般。看花观树俱陶然，风光年复年。　　朝漫步，晚休闲，邀朋携友欢。经常邂逅好情缘，可惜一瞬间。

庆春泽慢·游奥林匹克公园忆友

　　牵手流云，倾心百度，闲游正值春深。一寸横波，陪君漫步林荫。扶疏不倦观新色，任倚栏低语青禽。总沉吟，湿地清泉，荒野难寻！　　秋来已是愁云散，更湖光映柳，桥影流金！春日桃花，早已涨满琴心。而今又到相思路，望长堤茂草飞霖。却难禁，踏遍烟霞，无觅知音！

鹧鸪天·闲游奥林匹克公园

看我闻花一路香，有谁知我觅诗忙。采花不是花心闹，只为无聊度日光。　　游过后，几愁肠。熟人不懂我轻狂。问寒问暖都言尽，难释心中道道伤。

蝶恋花·月夜游奥森公园

今夜奥森何等妙，明月高悬，霜路华灯照。萧索清秋天气造，金风使得公园俏。　　景自陶然情自冒，澎湃心潮，迈向林荫道。一路琢词曲径绕，吟诗不怕他人笑。

锦堂春慢·春游奥林匹克公园

花谢年年，花开荏苒，花开是处鲜妍。美艳晴天，难语胜景奇观。万绿蓬勃伸展，漫绕幽燕呢喃。更猛风好事，吹怒花仙，装点河山。　　向来蜂蝶频贯，又琼花惹眼，欲壑难填。便在鲜花丛里，攀比江南。转了葱葱北苑，仍要转、西苑南园。往返连连不倦，多少情丝，都在胸间。

八声甘州·夏游奥林匹克公园

　　览奥林匹克大公园，格外显清妍。有松风送爽，长林漫道，湿地清泉。到处青蓝红紫，渺渺翠生烟。还有轻音乐，萦绕天边。　　不用登高望远，只渐行渐看，足以观瞻。有游人如织，往返又连连。散闲愁、徘来徊去，练体能、一转几圈圈。谁知我、寻诗觅句，不倦天天！

桂枝香·秋游奥林匹克公园

　　初来肃气，正悄惹山川，凉风凋碧。幸好天高云淡，艳阳迤逦。断鸿声里秋无际，任西风、乱蛩吟壁。苑中孤旅，耳边眼底，谈何欣喜？　　恨芳草，年年隐匿。竟不管荣辱，遇秋即萎。到是秋来树色，别番滋味。赤橙黄绿青蓝紫，更缤纷落叶恣意。此时幽寂，不求秋雨，但求佳丽。

宴山亭·冬游奥林匹克公园

衰草寒烟，凉雪冷冰，万顷公园沉寂。游客渐稀，景色犹凄，萧瑟树昏云匿。眼底无华，更增了、无情风笛。何以？看木落山空，几销英气？　回想春夏闲游，有翠黛重重，晚来虹霁。如今再赏，地冻天寒，匀匀恼人空气。慢步园林，最可恨、雾霾频起。独我、诗兴壮，悠然境里！

八声甘州·秋夜游奥森公园

望公园夜色正阑珊，明月照人寰。已金风凋碧，秋光减翠，衰草枯颜。满地萧萧落叶，一抹是荒烟。唯有乔松绿，掩映林间。　月下轻轻慢步，沉醉灯火处，心起微澜。但行塑胶路，细语话桑田。看今宵、月光如水，转圈圈、神会境中仙。仿佛是，五湖清韵，都在蹁跹。

朝中措·北郊香堂文化新村

曾经破落又荒凉，人事两茫茫。千古京都燕塞，寒鸦衰草枯杨。　　如今模样，繁荣景象，不可估量。触目千幢别墅，村中少有辉煌。

破阵子·北郊香堂文化新村

偏僻乡村不易，风雷岁月峥嵘。万物葱茏财滚滚，富贵荣华遍地生，外人双眼瞪。　　变化得非常快，犹如霹雳般惊。不是国家兴旺策，哪有今天榜上名，连连好事生。

醉蓬莱·夜宿香堂村感怀

遇秋高气爽，夜静人稀，月明星朗。迈上层楼，觉神怡心旷。览月观星，满城灯火，顿起心中浪。玉宇含尘，金风带露，碧天清亮。　　赖得清闲，素情平淡，对月飞觞，一杯杯畅。昂首云飞，桂影吴刚恍。没有弦琴，没有歌咏，亦可这般赏。只要安康，云来云去，管他谁想。

渔家傲·北郊香堂村之秋

硕果秋来枝上坠，香堂累累谁留意？山下果蔬堆满地。千嶂里，农民一脸欢欣气。　　喜酒频频杯满溢，一年收获终无悔。明月悬空天似水。人不寐，良宵无别图今醉。

蝶恋花·游香堂村圣恩禅寺礼佛

走进圣恩禅寺里，清静无极，两眼微微闭。几度横秋千万气，佛前谙尽愁滋味。　　常恨官场风景异，不入官场，谁会凭栏意？自古寒门霜满地，云仇雨恨拼来寄。

高阳台·游京郊翠华山

坐落京郊，山峦耸翠，葱茏万绿无边。春夏秋冬，游人迤逦缠绵。春来艳杏烧林迥，更欣然，色彩斑斓。赏烟霞，耿介山川，夏日清妍。　　秋光再续留人景，有深红浅绿，黄紫青蓝。遗憾冬闲，荒芜难以观瞻。迷蒙障雾笼烟老，望尘寰，草木衰颜。我旁观，恼恨人间，变化多端。

南歌子·登武当金顶未拜真武大帝

　　某年某月某日，余陪周笃文师游武当山，上山之时已大雨滂沱，进入缆车时更是大雾弥漫，周师曰："天不作美，不看也罢。"吾曰："无碍，以周师造化，上山必然开天。"果不其然，出缆车时雨即停，顿现清妍，白云缭绕，游完金顶，返回缆车时旋即又大雨倾盆，仅半小时余，实不可思议也。而游金顶时由于敬香者过多，难以挤入膜拜，心中有憾，遂琢小词以记之。

　　迈上玄真殿，登峰又造极。蒙蒙雨雾正迷奇，大喝一声速速去离离。　　我有开天力，却无晋职机。寒门子弟历来悲，何必焚香苦苦道心扉。

虞美人·秋游黄山

　　游山玩水奔何地？千古黄山逸！松奇石怪向人横，还有风鹏野鹤彩虹迎。　　我来饱览层层魅，美景纷纷会。落花虽已付东流，仍有香魂未散漾心头。

醉蓬莱·黄山抒怀

蟲天都而望，浩渺之巅，圣洁之景。错落其形，更奢华其胜。耸入青霄，竖其锋刃，挺拔其身影。妙境千寻，风情万种，世间独迥。 不靠神威，自成神韵，不靠仙名，自成仙岭。云往霞来，哪靠谁争靓。此际羁游，想落何处？效太白之兴！感慨之吟，披襟之啸，我来承咏。

黄　山

眼见黄山不一般，莲花始信两非凡。

光明顶上集多彩，迎客松前聚众贤。

拔地擎天干气象，腾空抟翼胜飞仙。

一枝梦笔生千景，虎踞龙盘万万年。

天仙子·秋游黄山

绝世景观千丈巇，勾引我来闲细览。随风直伴白云浮，山艳艳，层层见，唤醒众灵朝我看。 仙界骋眸花已散，只有岚光依旧灿。翻飞黄叶舞长空，心缱绻，情开绽，掀起巨澜真浪漫。

沁园春·登泰山感怀

　　五岳独尊，雄峙天东，世界媲嶽。望南天门外，神仙列阵；玉皇顶上，圣祖扶琴。剑吼西风，回旋万马，雅健宏深举世钦。中华魄，任波涛诡谲，静若森森。　　江山代有清音，又岂止三皇五帝心。想中华复始，太平长久；开国创建，天下无淫。裔胄炎黄，劫波千度，沥胆披肝到而今。真真是，欲挫才欲奋，道理深深。

鹧鸪天·游泰山

　　久有凌云志未酬，而今登上泰山隅。沉香燎尽消炎暑，幻入虹霞境界殊。　　胸坦坦，意舒舒。此情已向玉皇书。不求名利和官运，但得清风一万斛。

千秋岁·颂嵩山

　　景幽天廓，中岳嵩山绰。风荡荡，人络络。飞云山顶漫，林海蓬蓬崿。横亘岭、远观就像苍龙泊。　　御驾频频落，青史纷纷著。多少客、思量着。与生名利缚，万世宛如昨。如问我、有谁不是闲情搁。

满江红·嵩山怀古

中岳嵩山，凌云望、巍然屹立。堪砥柱、历经千载，世人仰止。云涌春秋惆怅句，我来俯仰凭栏寄。炎黄裔、莫道已辉煌，无伦比。　　当此际，思伏起。千万里，峥嵘气。怕英雄豪杰，一时无几。再有内忧和外患，谁能沥胆攘群敌？嗟叹矣，未敢忘忧国，空悲忆。

渔家傲·登衡山

南岳衡山风景异，如诗如画湘溪水。郁郁葱葱千嶂里。真是的、吟边眼底青无际。　　心系多年游此地，而今俯仰皆欣喜。不用焚香情已醉。烟雨霁，勿须管我愁滋味。

宴山亭·登衡山抒怀

道观衡山，南岳圣峰，郁郁葱葱如绘。双脚履云，信步羁梯，舍我有谁能媲！造访无由，只因赋、佳章叠魅。豪气，散发又披襟，画阑孤屹。　　天降佛雨纷纷，我必受隆恩，此行无悔。天遥地远，万水千山，神仙圣贤幽会。故我思量，多少事、任它迷诡。高立！空怅惘、欣然面对。

淡黄柳·游衡山

葱葱郁郁，遥望山山绿。锦绣乍长春继续。翘首江河窈窕，恰似神龙尽魂愫。　　路连路，常常雨夹雾。径边树，互相诉。看游人剑履逍遥步。道教神山，莽苍仙气，都在游人耳目。

一剪梅·夏日游华山

西岳华山万丈高，耸立云霄，何等嵖峨。凭空慢把景光瞧。一带青潮，迎眼飘摇。　　板荡豪情似品醪，人在高坡，格外逍遥。清风阵阵透罗绡。恨撒愁抛，心旷神飙。

一剪梅·游华山感怀

登上华山似梦圆，五岳之巅，最险峰峦。情随浩荡起波澜。矗立高山，想象无边。　　难得流光摆眼前，怡我心田，旷我神丹。秦川万载月无眠。照此河山，惠我仙缘。

渔家傲·登华山有感

转道华阴终不悔,西峰揽上惊肝肺。俯瞰奇
观唯此地。千丈壁,游人无一相回避。　　莫道
山高风景异,人间险恶须经历。稍不矜持非受罪。
何滋味?犹如冷水来浇背。

渔家傲·登华山有感

好个秦川八百里,一山秀峙青无际。草色茹
茵松吐翠。风细细,白云似海天如碧。　　揽上
西峰观岱魅,心情酷似神仙会。骚动文心多负累。
登临意,冲冠只为添诗味。

鹧鸪天·游韶山滴水洞

宝殿煌煌卧巨龙,韶山冲里太阳红。青山绿
水农家院,喷射金光照宇中。　　惊宇宙,讶天宫。
铺天盖地仰毛公。西方一个仙人洞①,一代宏猷
举世崇。

【注】
① 毛主席在 1966 年写给江青的信中提到,"在西方的一个
仙人洞里住了十余天,消息不大灵通","28 日来到白云黄鹤的
地方,已有十天了。每天看材料,都是很有兴味的!"

鹧鸪天·韶山

自古中华多圣山，龙盘虎踞耸其间。韶山冲里石伢子，敢教乾坤扭转弯。　　天一柱，壮三千。星星之火可燎原。神通今古玄黄外，烈武鸿文不一般。

鹧鸪天·观毛泽东故居

小小毛屋非等闲，真龙天子诞其间。农家小院无双地，亘古男儿举世鲜。　　国运担，史无前。翻天覆地丈君贤。谁言陋室乾坤小，大略宏猷万古传。

蝶恋花·念庐山

多想庐山山顶耸，仰望长天，静看虹霞动。翠绿新峰松栋栋，神思想落仙人洞。　　世上知音难入梦，神气匡庐，可有翩跹凤？赐我筝声今与共，三生不向河山讼。

蝶恋花·秋游三清山

　　未待秋高山欲醉，俯瞰三清，红瘦黄肥汇。绿树成荫如梦寐，凌云之耸拂空翠。　　寂寞千程寻美卉，雾绕烟岚，遥想仙家妹。天籁之音添韵味，耳边回响昆山碎。

一剪梅·游坝上草原

　　结伴京郊坝上行，绿草丰盈，牛马欢腾。碧云天下野风清。令我心惊，想象横生。　　梦里凝香酒色萌。想落葱青，不念归程。谁知不倦马蹄声。踢梦无成，踢落晨星。

高阳台·游鸣沙山

　　丽日当空，晴光烁耀，苍茫沙漠无边。无际风高，观瞻更是堪怜。黄沙漫漫呈金色，却凄然、尽是荒烟。望炎川，热浪蒸腾，石睡沙眠。　　当年烽火连天处，仍连篇鬼话，四处流传。迤逦寻踪，心中最恐闲言。呼呼浩浩鸣沙响，似狼嚎、使我毛寒。寝难安，日怕啼鹃，夜怕猫喧。

蝶恋花·春游宜兴竹海

亮丽宜兴如梦寐，万象欣荣，全靠沙泥惠。绿海如茵三月魅，尘埃不染青竹翠。　　兄弟相陪山上莅，谈笑风生，散尽愁滋味。抛却功名无负累，纵身仙境谁憔悴？

一剪梅·游月牙泉

大漠黄金堆满山，上抵云端，下抵深潭。天开宝境月牙泉，横卧沙滩，寂静寥然。　　游客纷纷来赏玩，奋勇当先，拍摄奇观。人间真是不平凡，到处仙园，不绝诗篇。

水调歌头·莫高窟

天下景观绝，大漠莫高窟。敦煌偏僻独见，尽是宝藏图。窟外风光旖旎，窟内生机勃郁，烂漫世间无。西域第一富，画苑第一都。　　未料想，这般妙，岂能储。竟然于此，千载风雨不曾污。烟雾深沉沙弥，色彩依然亮丽，何处有同殊？因而说兴盛，必定吐龙珠。

汉宫春·莫高窟

戈壁荒滩，隐高窟一座，蔚为大观。辉煌灿烂，简直奇异难言。千年壁画，有飞天、梦想奇端。还有那、佛光普照，芸芸尽是罗园。　　早就惊闻此绝，便携心带脑，专噱朱颜。眼观画中奥妙，心记神纶。情驰意往，欲将它、装进胸间。犹待那、朝朝醉墨，春幡慢慢还原。

鹧鸪天·游九华山，且自九华山归京次日夜观天象得句并序

戊戌夏日，佛历五月中旬，豪兴徜徉九华山，深得佛菩萨佑护。本该热浪熏风蒸腾天气，却清风四溢，胜如春风荡漾。连续三天，习习谷风，以阴以雨。远送于野，祥云缭绕。下山后，遂归热浪天气，金光四射。返京时，仍有清风送爽。至家第二天夜观京城天象，满天祥云，犹如九华山一般，此乃从未有过之景致，仿佛带回九华云一般，不知是巧合，还是佛陀佑护，实不可思议也。遂心血来潮，连赋四韵以记之。

（一）

为拜佛宗到九华，九华山上绝清嘉。云如白雪天如水，石似蟠龙树似蛇。　　携伴侣，踏尘沙。登高望远赏烟霞。清风阵阵精神爽，定是佛陀惠我娃。

(二)

佛祖慈悲总善行，每年来拜俱欢迎。不曾半点金银送，照样千言尽数听。　心事付，即归程。佛陀赐我九华星。带回北苑天空里，顿感吉祥处处生。

(三)

辞别佛陀返北京，祥云追我到京城。天空一改前时样，似洗乾坤添画屏。　仲夏夜，月光明。天蓝水湛影波平。欣观河瀚蓬莱景，豪兴从无这样澎。

(四)

拜别仙山返北京，佛陀赐我九华云。携它装饰苍穹顶，既染乾坤又动人。　真是美，且缤纷。飘飘荡荡最销魂。莫非亲眼纷纷见，岂信人间有此神。

卜算子·游九华山

久慕九华山，从未风云驾。难得清闲夏日游，风景真如画。　　山上虎狼奔，山下飙龙马。诡谲波涛在眼前，澎湃吟心寡。

虞美人·九华山天台驻足

忽晴忽雨风和雾，山顶亲身沐。吟心怒放有无中，闲坐岩石欣赏众高峰。　　天台望断天涯路，缥缈无寻处。白云缭绕野茫茫，任我羁怀放荡释愁肠。

渔家傲·游池州平天湖

好个池州风景异，平天湖境千般美。绿色围栏光照里，真旖旎，澄澄水色连天际。　　感谢各层知管理，至今污染无从起。干净卫生条件细，宜居地，谁来都有迁临意。

喝火令·游齐山

坐落池州市，仿佛一卧龙。我来观感亦朦胧。环顾绿肥红瘦，淑气浩然雄。　　寂静森林里，时时有劲风。便携佳丽上层峰。蜜语浓浓，蜜意更浓浓。此刻鸟无踪影，剩下许多空。

踏莎行·与姝丽游镇江南山

细雨纷纷，携朋漫步，南山翠绿薄轻雾。一潭秋水荡涟漪，闲言碎语随心诉。　　阔论人生，迷津在肚，随风散却愁肠路。佳人在侧意融融，逍遥尽让他人慕。

蝶恋花·与姝丽游金山寺

共趁秋光湖岸溜，曲径弘幽，水碧荷塘瘦。继有金山风景秀，游人不断香盈袖。　　天色撩人格外诱，姝丽青白，陪到黄昏后。我问花仙何锦绣？花言莫乱抛红豆。

渔家傲·金山寺

放眼金山风景处，秋光烂漫白云矗。恋眷游人千百度，频回顾，好词都在常青树。　　山不见高无绝路，景无常态烟波骤。欲问金山何等酷，须漫步，仿佛梦入芙蓉浦。

虞美人·南山

南山雨后芳菲翠，风景陶人醉。秋光烂漫畅幽怀，引却诗情如浪卷潮来。　　滔滔绿浪增诗味，万象心头汇。酝酿三日再成篇，喜得逍遥笔下起波澜。

卜算子·南山拾韵

秋雨似刚停，便我闲游步。自是阴天兴趣浓，迈向南山路。　　姝丽伴右边，谈笑风声矗。可喜匆匆占得秋，愿把情留住。

高阳台·游镇江南山怀苏公

世外仙台，青如绿海，秋来依旧晴柔。耸翠叠茏，蜿蜒怡道通幽。凡尘伊甸稀疏客，览其殊、锦绣绸缪。压江浔、翠拥珠围，浪卷清流。　　偶携姝丽生尘步，任缠绵缱绻，随境羁游。禅意悠悠，眼前空旷全收。暗香浮动文心骤，且高吟、《水调歌头》。想苏公、把酒当年，几许浓愁？

观影珠山气象

圣地汨罗观气象，走村串镇又游江。

千年屈子江中隐，百载书生古镇扬。

山上影珠杨任李①，书屋吟社梧桐凰。

从来风水轮流转，甲子六十再看王。

【注】

① 杨任李：杨，杨开慧（毛主席夫人）杨姓家族；任，任弼时（中共卓越领导人）任姓家族；李，李星沅（清朝大臣）李姓家族。这几大家族都有许多名人，在当地享有盛誉。

水调歌头·汨罗县

倚望汨罗县，骋目看波澜。雄浑壮丽珠影，高耸于湖南。山上苍松翠柏，山下琼楼布阵，满眼是奇观。屡屡起文运，代代结诗缘。　　江水蓝，天风浩，正涅槃。大溪①龙韵，洞庭湖畔共婵娟。无愧龙舟故里，可见风华正茂，气象不平凡。旭日当空照，美景胜仙园。

【注】
① 大溪，即大溪山脉。汨罗县一带尽属于此。

登南岳衡山志感

衡山高耸入云端，一片葱茏矗眼前。
大块风声如虎啸，小溪水响似龙喧。
匆匆羁旅多怀想，慢慢悠游少感言。
寿比南山真是梦，人生何以达千年。

游韶山

三生有幸到韶山，为拜中华万古贤。

头叩广场抛热泪，身躬铜像表衷言。

英明领袖丰碑耸，大匠神工杰作传。

但愿伟人天上好，常将清气与人间。

渔家傲·游白水寺①

南北东西多走到，风光只在天然道。草色烟光白水庙。迎眼俏，四围青翠深蓝貌。　　一代明君灵气罩，千秋万世金光耀。山下居民楼窈窕。啥都好，生活如蜜真难找。

【注】
①　白水寺，乃一代明君刘秀之寺也，亦为刘秀出生之地。位于湖北省枣阳市吴店镇，自然风景秀丽，改革开放后重建，一派欣荣气象，2018 年秋月得游，欣然命词矣。

高阳台·白水寺

　　白水高台，天然地理，人工庙宇庄严。新砌石阶，雕栏玉柱充填。牌楼迎眼开山景，向上瞧、古木参天。更幽然、漫步登临，步步欣观。　　当年刘秀出生地，竟风光旖旎，灵气磐磐。松柏常青，如今依旧斑斓。六十甲子轮流转，问苍茫、还有无缘？好良贤、应予承传，莫断琴弦。

渔家傲·2018年秋访枣阳市

　　乍到枣阳龙凤地，仿佛世外风光异。欲问乡村何处丽？勿须对，眼观六路均沉醉。　　虽是秋光青色褪，小城依旧云天碧。不比大都金色魅。堪提气，人间少有葱茏坠。

渔家傲·游枣阳吴店镇

　　万栋高楼平地起，虽然难与大城比，可是风光独旖旎。秋天里，稻花香自田园底。　　穷困农夫终不悔，家家都有丰收地，肥硕鹅鸭真对味。多美意，银樽向晚拼其醉。

踏莎行·游新昌十九峰遇雨（二首）

（一）

十九峰峦，叶黄树冷，深秋自有缤纷景。浙江新昌好风光，为伊留下无穷岭。　　雾锁山明，雨蒙山影，闲情逸致残红顶。黄河远上彩云间，长城望断大洋径。

（二）

花褪残红，叶脱英挺，层峰依次缤纷逞。霜林萧索见枝横，疏松散乱冬天景。　　山径幽幽，寒风不紧，游人涌向朦胧岭。云中栈道望心惊，闲愁虽遗浑身冷。

蓦山溪·新昌十九峰

峰峦叠嶂，横竖千千丈。野外本空蒙，又烟逞、平添新象。雾云缭绕，世上也难寻、如此状。风雨荡，掀起层层浪。　　游人畅漾，无不神心旷。不仅散闲愁，放眼眺、联翩浮想。秀才何觅？大块好文章，都在那、峰顶上，快去高高望。

一剪梅·拜霭浙江新昌大佛

耸立江南第一佛，坐落新昌，极为巍峨。偶然路过拜其摩。善目慈眉，无比亲和。　　三叩三磕祈弥陀，许愿千匡，祷告千箩。愁肠百结奈如何，期待金光，照我心魔。

踏莎行·游新昌大佛寺公园

杂树成群，香樟结队。竹林石壁相依偎。幽兰山涧释芬芳，自然环境真真美。　　佛在其中，大名鼎沸。尤其绝妙山溪水。桃源世外不稀奇，游人到此无生悔。

蝶恋花·夜游新昌大佛寺公园

雨过天晴烟雾漫，夜色朦胧，早已游人散。初识梁兄陪我转，方知此地佛灵验。　　春去冬来虽景换，古木森然，闲览无嗟叹。但愿晨钟声莫断，太平世界千秋恋。

鹧鸪天·长城感怀

万古长城景色幽，可怜岁月总关愁。历朝历代防贼寇，只为人民不受蹂。　　嘉峪始，到龙头。秦皇汉武数春秋。如今尽享和平果，还有谁来想隐忧。

水龙吟·游慕田峪长城感怀

慕田峪岭长城，凌云之耸无伦比。苍茫野旷，四通八达，一流风水。塞外之光，江南之美，纷纷堆砌。似山还似巘，崔嵬沃若，既威猛、还妍丽。　　四季登高远眺，最惊魂、游人潮汇。晨钟暮鼓，如巢蜂拥，如蝼集蚁。峻峭十分，人分七旖，景分三旎。冷眼观世界，千秋万世，向来无媲。

高咏自有生花作

——《南北吟踪》评序

刘庆霖

我 2012 年到北京，几乎是同时就结识了徐新国，那时，他还没有离开部队，是个军旅诗人。以前读他《磨盾集》，了解到他的军旅情怀和诗人情结。近日读他《南北吟踪》诗词稿，意象纵横，别开生面，俨然另一番气象。这本诗词集除了保留了《磨盾集》的阳光和锐气之外，还多了几分平淡和安静，说明新国的创作走向了成熟。

《南北吟踪》主要以词为主，其词给我留下的深刻印象有三：

一、意纵横，词温婉

意纵横是指诗人想象丰富。想象力几乎是所有诗人必备的能力，没有超常的想象力就没有能力攀登诗词的高峰。这就像攀登喜马拉雅山，一般的人通过训练，都可以攀登到七千米高的大本营；而从大本营向八千米挺进，不但要有后天训练出来的体力和毅力，还要有一定的天赋；从八千米到

珠峰峰顶，则必须是登山天才方能完成的。诗人想象丰富是
好事，不过正是因为诗人纵横的意象，也容易让诗词钢性太
强、韧度不够。词人做到意纵横的同时，还应该做到词语温
婉。温婉即温和柔顺、婉约有度。意纵横，词温婉兼而有之，
是词人的修养。徐新国的词就是这样。

我们来看他的《醉蓬莱·黄山抒怀》：

> 矗天都而望，浩渺之巅，圣洁之景。错落其形，
> 更奢华其胜。耸入青霄，竖其锋刃，挺拔其身影。
> 妙境千寻，风情万种，世间独迥。　不靠神威，
> 自成神韵，不靠仙名，自成仙岭。云往霞来，哪
> 靠谁争靓。此际羁游，想落何处？效太白之兴！
> 感慨之吟，披襟之啸，我来承咏。

此词可分为三段理解：第一段从"矗天都而望"到"挺
拔其身影"，主要是描写黄山之妙境。用"浩渺""圣洁""错
落""奢华""挺拔"来形容其浩大和美丽，以写形写意结
合的手法，给我们描绘了一个比较完整的黄山。思路跌宕开
阔，风景取舍自如，令人钦佩；第二段从"妙境千寻"到"哪
靠谁争靓"，以直接议论的方式赞美黄山，"不靠神威，自
成神韵，不靠仙名，自成仙岭"直入此山之精神，具强有力
的说理效果；第三段从"此际羁游"到结尾，以抒发自己情
感为主，牵诗仙酒仙李白进来，沟通今古，以壮吟怀，"效
太白之兴！感慨之吟，披襟之啸，我来承咏"，思路纵横，
想象悠远，余音绕梁，令人回味。整首词意脉畅通，一气呵成，
形象饱满，情绪高昂，字词温婉，难能可贵。

其《扬州慢·游神农架》：

八卦灵光，阴阳调协，云烟缭绕青峰。对苍茫山岳，感慨叹无穷。恍那载、斯神缚锸，梯山架壑，绝境攸通。紫藤遮，凉草白烟，云路千重。　　徐行吟赏，蓦然惊、满眼葱茏。便彩画千张，虹霞万叠，不尽形容。为问天开胜境，乾坤主、谁似神农？望浩茫秋色，心潮涌上苍穹。

也是此类作品中的佳作。

二、事寻常，思突兀

新国的诗词以写实为主，往往在寻常小事和风景中发现诗美。诗词从来都不拒绝写实。白居易

离离原上草，一岁一枯荣。
野火烧不尽，春风吹又生。

是写实；贺知章

少小离家老大回，乡音无改鬓毛衰。
儿童相见不相识，笑问客从何处来。

是写实；卢伦的

月黑雁飞高，单于夜遁逃。
欲将轻骑逐，大雪满弓刀。

还是写实。只是这种写实是在艺术思维的基础上，经过

了典型化地处理。新国的诗词把写实与艺术思维有机地结合起来，在平实中给人以美的享受。

例如《贺新郎·太白山上板寺观日出》：

> 夙兴同观乐，岭头揭、阴阳正负，暗光曦若。静待东方浮大白，看那红晕喷薄。光闪闪，相机无泊。底事人间多雅趣，看朝阳也向云山索！人静静，倚栏矍。　　一轮红日轰然灼，慢腾腾，地天昏晓，顿时卓荦！紫气割开黑白界，唤起晴光烁烁。涨绿野，松林阔绰。大块文章酬高士，放高咏自有生花作。清静地，莫落寞！

日出虽然天天见，但人总是有登上高山去看日出的想法，于是登山看日出成了诗人的爱好和笔下常见的题材。不过，日出的题材并不好写，这是因为古今诗人写日出的诗太多了，很容易雷同。新国这首词构思别致，使人耳目一新。首先，他一反词的上半片写景的常规，用整个上片写观日出的人，而且写得有声有色："夙兴同观乐，岭头揭、阴阳正负，暗光曦若。静待东方浮大白，看那红晕喷薄。光闪闪，相机无泊。底事人间多雅趣，看朝阳也向云山索！人静静，倚栏矍。"夹叙夹议中，一个观日出的大阵容、大场面展现在我们的眼前，令读者有身临其境之感。其次，写日出时的情景平实而亮丽："一轮红日轰然灼，慢腾腾，地天昏晓，顿时卓荦！紫气割开黑白界，唤起晴光烁烁。涨绿野，松林阔绰。"动词、形容词连续使用，形成亮丽的密象，给人以视觉和感觉的冲击，让人产生强烈的现场感。其三，结尾议论，一语双关，令人回味："大块文章酬高士，放高咏自有生花作。""大块文章酬高士"，显然是说朝暾。"放高咏自有生花作"，则可以有两种解释，一是太阳出来之时，照耀群山，群山仿佛成了花朵，这是旭日"放高咏"的结果；二是作者本身感觉到初升之日"大块文章酬高士"的壮美，自信地喊出"放高咏自有生花作"。两种解释，究竟哪一种更加合理？留给读者去想。《南北吟踪》集中还有许多这样的作品。

如《天仙子·金鞭溪》：

> 拔地奇峰千栋耸，插入青冥天帝悚。滋兰蕙树挟清流。观碧蔼，眺玉洞，雾爪云鳞霓与共。　　万里奔来圆俗梦，陵谷追光随大众。壑间散尽数年愁。浩歌咏，空山动，我与山魂齐放纵。

也能看出诗人在寻常的风景中突发奇想的思维能力。须要指出的是，思维能力有先天的因素，也在于后天的训练。写诗的人，学会诗性思维，拓展思维能力，增强想象力是极其重要的。

三、心淡泊，笔安静

当今诗人能让诗笔安静的不多，把诗写安静是诗人的高境界。欲要笔安静，需要心淡泊。新国是能够做到心淡泊，笔安静的人。有一件事，一直令我感动，他六岁习书，四十余载寒窗，笔耕不辍，书法作品曾获全国大奖，在书法界已是颇有名气的人了。可是，我认识他七年，却不知道他写书法。不知道，是因他自己从来不向诗友们张扬。"非淡泊无以明志，非宁静无以致远"（诸葛亮），新国深谙此理。其实，新国当年也是豪情万丈、神采飞扬的诗人。

他的《磨盾集》中有这样的词句：

> 七尺之躯，挑灯把剑，忍教征衫落酒痕？阳
> 刚气，正忠贞许国，历练精神。　　铮铮铁骨，
> 挺立男儿仗义身。今朝梦，纳风雷大麓，挥手千军。

（《沁园春·抒怀》）新国现在的安静，是丰富以后的
安静。丰富，是因为拥有了内在精神世界的宝藏；安静，是
因为摆脱了外界虚名浮利的诱惑。

我们来看他的《疏影·周公庙》：

> 岐山胜地，有圣公在此，鸾凤常丽。道润慈泉，
> 德义幽光，飘风暗自元溢。飞檐碧瓦新修葺，五
> 色土、踪迹无避。众刻碑、历久弥新，窥镜月华
> 如洗。　　掩苒青鲜草色，野滕阶上绿，兰蕙其致。
> 曲径回环，莫若欣然，多为闲人周济。先朝古树
> 今朝郁，于此院、盛情生矣！柏复葱、蔽芾甘棠，
> 遗爱巨椤荫翳。

周公庙位于岐山县城西北的凤凰山南麓，即《诗经》记
载的"凤凰明矣，于彼高岗"处。周初重臣周公旦晚年归隐
于卷阿，制礼作乐，使得天卜大治，万民归心，周公逝世后
即建祠祭祀，周公庙由此而始。诗人到了周公庙思绪万千、
心生敬仰，然而他并没有慷慨激昂，大发议论，而是静静地
看，慢慢地描述所见所思。"岐山胜地，有圣公在此，鸾凤
常丽"是叙述，"飞檐碧瓦新修葺，五色土、踪迹无避。众
刻碑、历久弥新，窥镜月华如洗"是叙述和描写，"掩苒青

鲜草色，野滕阶上绿，兰蕙其致。曲径回环，莫若欣然，多为闲人周济"也是叙述和描写，"先朝古树今朝郁，于此院、盛情生矣！柏复葱、蔽茚甘棠，遗爱巨椤荫翳"还是叙述和描写；全词只有"道润慈泉，德义幽光，飘风暗自元溢"十几个字是对周公的直接赞誉，没有一句借古喻今，借古抒怀的词语。诗笔安静如此，令人慨叹和佩服。

集中《念奴娇·登点将台有感》：

> 亦非天将，入仙境、其貌洋洋千载。划地阴阳，格外显、天地鸿蒙气概。绝巇摩空，嵯岈裂壑，隐耸黄石寨。神工魅斧，劈出嶙势峋态。　俯瞰奇景霓光，一峡风浩荡，心潮澎湃。幻影憧憧，如梦魇、犹似狮猴灵怪。驻足悬崖，缥缥和缈缈，雾云都在。清兵清将，此时何等豪迈。

一样是缓缓地铺排，慢慢地叙述和描写。安稳的笔触，透出宁静的心态和淡泊的情志。

徐新国的诗词，化寻常与深邃于一炉，融豪迈与安静在一体，情感饱满，语言芬馥。呈心境澄明之内敛，现视野开阔之吟踪，读之，思之，皆是一种美的享受。

2019 年 3 月 24 日

【注】作者系中华诗词学会副会长兼秘书长，《中华诗词》杂志副主编。

著名书画家 李炳焱 题贺

著名书画家 龙黔石 题贺

跋文

诗人本性是率真

——《新国吟草》跋

覃务波

军旅诗人、书法家徐新国先生性情豪爽、直率坦荡，其敦厚为人在师友当中有口皆碑。予有幸与徐君共忝周公笃文门墙，更因性格相近、志气相投之故而交往益深。予同徐君稍有裰空便相邀共酌，席间天南海北地谈文说道，于酒酣情浓之时常有肆意高吟，快哉乐也！近日，徐君以新著见示，嘱予为跋，予自惭才学疏浅，不敢冒昧妄为。然徐君执意相托，断难推却，惶恐之余，仅就个人管见，与诸君分享，以期有所共鸣。

展卷入目，《北苑一号院》乃徐君长期工作及挥洒青春之地方，篇幅之中有为国效劳之光荣自豪、有尽责工作之坦荡舒心、有建设院苑之悉心呵护、有幸福同享之开心畅怀，久在他乡即故乡，北苑一号院乃故乡之外让作者最为眷恋及倾情之所也。《离职感悟》为新国仁兄军旅生涯之转折、人生拐点之新程。辞句当中有针砭时弊之慨愤、有解甲归田之释然、有把目四顾之无奈、有不负青春之安慰，虽乃如此种种，然转轨信心未见消磨、重策宏图不曾懈怠，此军人气质、丈夫品格之使然也。《鸿泥偶拾》是徐君与书坛耆宿沈鹏先生、诗词元老周笃文夫子等鸿儒雁讯之酬唱吟咏，其雅怀逸兴、真挚情谊让人景往；咏事感怀在坦荡慨昂中既显家国情怀、又见君子气节；亲朋往来在倾情相对中既有和悦欢欣、又有柔肠百结。《故乡行吟》真可谓故土情深，字里行间数不尽思乡、恋乡之萦怀梦呓，道不清怯乡、怨乡之纠结情愫，此非生于农村且经特殊历史时期之人所能理解也。再读其对家乡名胜和前辈乡贤之咏颂，感激之情油然而生、敬佩之意源自心底，于家乡纵有五味杂陈之感，而作者游子真情不减焉。《缅怀至亲》里尽是对已故双亲之绵绵思念：忆往昔逼迫困顿、茹苦含辛，不尽心酸苦楚；至如今安居乐业、否极泰来，无限感念缅怀！子欲养而亲不在，此人生之至憾矣！七尺男儿，写此哭泪悱恻之文，将绵绵不尽之血肉亲情表达得淋漓尽致、将休休戚戚怀念伤憾诉述得感人肺腑，读之纵使钢铁心肠，安不深为动容乎？《南北吟踪》中作者游踪历经大江南北，足迹遍及名山大川，里中有把酒临风之畅咏、有兴奋击节之高歌；有直抒胸怀之惬意；有心源互印之谐乐……不一而足，细细读来可品味者良多。

纵观徐君大作：慷慨豪迈与婉转柔情同在，针砭时弊与讴歌真美并存，其直抒胸臆之描述、不加掩饰之直白，乃徐君磊落为人所使然，诚可谓文如其人也。然徐君乃性情中人，一些即兴之作修辞结构欠美难免，但予认为不足之处有如玉中瑕疵，难逾其美，盖因徐君直爽率真，且不言人生百味、"真"字难得，况诗人本性乃率真，于斯足可贵也！草草数语，不揣浅陋，以作读后感怀。

己亥新正覃务波拜撰

【注】作者系北大培文书画院院长。

编后承叙：

心语如涛源自情

本集分六大部分，共计 350 首诗词。分别是《北苑一号院感赋》30 首，《离职感怀》42 首，《鸿泥偶拾》50 首，《痛挽双亲》60 首，《故乡行吟》30 首，《南北吟踪》138 首，尽为 2007 年以来之心声和心血。

"乱花渐欲迷人眼，浅草才能没马蹄"。此集入目，便是个人精神家园的亮丽风景线。有北苑一号院长期工作及挥洒青春之畅怀，有军旅生涯之兴奋，有人生转折之惆怅，有针贬时弊之慨愤，有解甲归田之释然，有家乡名胜之纪实，有前辈乡贤之感激，有缅怀双亲之心酸苦楚，有五味杂陈之感悟，有突发灵感之吟咏，有与诗书耆宿鸿儒雁讯之唱酬，还有游历大江南北名山大川之高歌，其雅怀逸兴、真情实意皆为倾情百结柔肠，记录了对生活事业的追求和热爱，书写了对人世间真、善、美的崇尚和向往，是我用心血和汗水浇灌出来的万紫千红的花园。虽然在诗词王国中显得很渺小，但对于自己的一生来讲，却是沿着生命轨迹，展现才情智慧结出的硕果，具有无可替代的生命价值和无与伦比的精神意义。我想，这正是每一个文学爱好者孜孜以求的原因所在吧。

"未出土时先有节，到凌云处仍虚心"。在学习和创作的过程中，也深深地体会到诗词创作的艰难。诗词之所以宝贵，是因为它能够为我们提供相当广阔和异常生动的生活画卷，能以自由活泼的方式表达对生活向往和追求，更能出色地描绘生活矛盾和沙场征战的画面。在诗词中漫游，仿佛置身于美轮美奂的宫殿之中，享受文学盛宴和优美芬芳的人文情怀，体味它巨大的艺术魅力，以获得人生的启迪和精神愉悦。但是，艺术是高远的，永无止境，它永远不能满足人们对于高层次、高境界的追求。特别是随着人们对社会生活的认识和欣赏水平的不断提高，对诗词创作水平的要求也越来越高。因此，这个集子的出版，也只能是自己的初学，百尺竿头，尚需更进一步。此外，诗词作为一种意识形态，需要有无比丰富的感情和超人的想象力，更需要不断地获得新生的灵感和力量。特别是对于诗词创作水平的提高，对于诗词境界的提升，并非一朝一夕之易事，它更需要持之一恒的精神和耐力。所以，作为新时代的诗词爱好者，应当把它作为一种追求美好生活的己任来奋斗，力求不断地进步。

"闲云潭影日悠悠，物换星移几度秋。"花开花落，光阴荏苒。不惑之尾，提前进入了退休生活，朝九晚五，疲于工作忙碌的日子一去不复返了。但未近耳顺之年，正值身康体健、年富力强之时，仍然激情奔涌、热血沸腾，文学的太阳才刚刚升起，还是应该信心百倍地在人类精神深处探索与挖掘，创作出更多更好的作品，为繁荣文学事业，传承诗词瑰宝，贡献一己之力。这卷心得，起于丁亥，累于积年，版于庚春。虽不尽善，却有成色，亦能消闲。但"路漫漫其修远兮，吾将上下而求索""雄关漫道真如铁，而今迈步从头越"等古圣名句箴言犹在耳际，我想，岁月的芳华，必将悄然地在春天里悠游，如何不愧于时代、不负于前贤，孔子曰："逝者如斯夫，不舍昼夜。"我将于此着实地努力，只争朝夕，不负盛世年华。

"行来北凉岁月深，感君贵义轻黄金"。此集编撰过程中，得到诸多诗书画家朋友的亲切关怀和大力支持。诗词界名宿周笃文老先生呕心沥血为此书作序。著名书法家张继先生、吕梁松先生、何昌贵先生、于俊敏先生、张春晓先生、汪俊生先生倾情挥毫，专门书写我的诗词为本集添彩。著名书画家李炳焱先生、姜长源先生、何汉卿先生、宋唯源先生、龙黔石先生、李玉龙先生、丁文明先生极力泼墨题贺，为本集添辉增色。著名诗词家刘庆霖先生、蔡世平先生、宋彩霞老师、李清安先生、张脉峰先生、陈海强先生、覃务波先生拨冗提笔，不辞辛劳，废寝忘食加以述评。宋彩霞老师和李清安先生认真从文字上进行了全面的把关审核，为本书高标准的出版提供了无私的帮助。此等卓越贡献尽收眼底，除了由衷地表示崇高敬意和感恩感谢之外，更是沉浸在胸，铭记于心。

"庾信文章老更成，凌云健笔意纵横"。为力求完美，高质量地出版，尽量减少遗憾，的确是费尽心思，反复推敲，不敢有丝毫怠慢。特别是在每一部分后面，盛情邀请当代著名诗词大家进行精心的点评，为引发共鸣，加深理解，提升作品的鉴赏性提供了帮助。同时，书画家朋友鼎力相助，书写题贺插图，使版面更加赏心悦目，引人入胜，更是大为增色。但世间万事万物只有更好，没有最好，故文集中不妥之处再所难免，敬请方家批评赐教！